KB262294

내셔널리즘

지구적 세계문학 총서 2

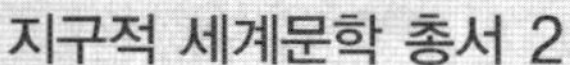

Nationalism

내셔널리즘

라빈드라나트 타고르(Rabindranath Tagore) 지음
손석주 옮김

글누림

동양과 서양의 만남, 민족주의와 반식민주의를 넘어서

동방의 시성으로 일컬어지는 타고르는 굳이 설명이 필요 없는 인도가 낳은 대문호이다. 그런 그에 대한 재조명이 그의 탄생 150년, 사후 70년이 지난 지금 활발히 이뤄지고 있다. 그중에서도 가장 뜨거운 논쟁이 벌어지고 있는 분야가 바로 그의 정치적 입장이다. 독자들은 반식민주의적 자세를 취하면서도 서구 문명에 호의적인 그의 선별적이고 양가적 입장을 대하고 곤혹스러워할지도 모른다. 1905년 영국의 벵골 지방 분할 계획에 저항하고 1919년 5월 암리차르 대학살에 항의해 영국 기사 작위를 버렸으며 간디와 암베드카르의 갈등을 해소하는 것에서 우리는 탁월한 독립 운동가이자 민족주의자적 모습을 그에게서 확인할 수 있다. 하지만 이 책에서도 드러나듯이 서양 문명에 대한 찬미는 물론이고 일본에 대해서도 낯간지러운 칭찬을 하는데 서슴지 않았다. 특히, 마하트마 간디와 대립하며 독립 운동의 방법에 뚜렷한 이견을 보였던 것에는 적잖은 이들이 고개를 갸우뚱거린다. 주된 이유는 그가 제국주의를 비판하고 인도와 아시아의 독립 운동을 지지했지만 간디가 이끈 힌두 민족주의 독립 운동에는 반대 입장을 취했기 때문이다. 이와 같은 비민족주의적 노선 때문에 타고르는 자신의 사상이 인도의 현실에 기반을 둔 것이 아니라 꿈처럼 허황되다는 비아냥거림을 들어야 하기도 했다. 이러한 불편한 진실로 인해서 인도는 물론이고 다른 나라의 내셔널리스트들조차 그를 그저 비서구인 최초로 노벨문학상을 수상한 인도 문화의 아이콘으로 보고자 할 뿐 그의 문학에 스며들어 있는 정치사상에 대해서는 짐짓 모른 체하기 일쑤다.

그러나 민족주의에 근거한 독립 이후 서구 모델을 바탕으로 건설된 탈식민지 국가의 문제점들과 더불어 서구 중심의 세계체제로 인한 모순들이 날로 심화되어 새로운 대안 모색이 한창인 지금 타고르의 사상이 다시 한 번 주목받고 있다. 자민족중심의 국민국가가 가질 수밖에 없는 한계와 세계체제의 헤게모니를 쥐고 있는 서구와의 복잡한 관계를 제대로 이해하고 해결책을 제시할 수 있는 관점이 절실하기 때문이다. 다시 말해서 이는 타고르를 낭만주의 모더니스트, 혹은 서구 부르주아 문화에 심취한 세계주의자로 바라보는 단순하고 도식적인 민족주의적 반식민주의의 틀에서 벗어나고자 하는 움직임이라고도 볼 수 있다. 그도 그럴 것이 타고르의 사상은 비평가들이 쉽게 규정지을 수 없을 만큼 심오하고 난해하기 때문이다. 이러한 관점을 살펴보기 위한 출발점으로 삼을 수 있는 책이 바로 『내셔널리즘』이다.

1917년에 출판된 이 책은 타고르가 세계 곳곳을 여행하며 직접 체득한 경험을 바탕으로 쓰여 졌다. 여기에 실린 세 편의 글은 그가 1916년 외국에서 강연하고 집필한 것으로 내셔널리즘을 다각도로 심도 있게 고찰한 케이스 스터디라고 할 수 있다. 그는 제1차 세계대전이 벌어지던 유럽과 제2차 세계대전의 씨가 잉태되고 있던 일본에서 구체적으로 실행되던 국가주의와 민족주의에 큰 충격을 받았다. 「일본에서의 내셔널리즘」은 1916년 6월부터 7월까지 일본제국대학과 게이오 기주쿠대학에서 각각 강연한 내용을 바탕으로 한 것이다. 비록 완곡한 어법을 사용하고는 있지만 일본 제국주의에 반대하는 이 강연으로 인해서 타고르에 대한 일본의 높은 관심이 급속도로 사그라지게 된다. 「서양에서의 내셔널리즘」은 타고르가 1916년 겨울 미국에서 강연한 내용이며, 「인도에서의 내셔널리즘」 역시 그가 미국에 체류할 당시 쓴 것으로 내셔널리즘과 더불어 조국에 대한 자신의 생각을 잘 담고 있다. 책의 전반적인 내용을 함축적으로 담고 있는 맨 끝에 실린 시는 그가 1899년 12월 31일, 세기의 마지막 날에 쓴 것이라고 하니 내셔널리즘에 대한 그의 철학이 오랜 시간에 걸쳐 완성된 것임을 알 수 있다. 타고르 특유의 장황한 문체와 비유 때문에 본문 내용이 어렵게 느껴진다면 그의 시를 음미하는 것으로 본문의 내용을 가늠할 수 있을 것이다.

이 책에 드러난 타고르 사상의 핵심은 바로 제국주의와 식민주의의 근간이 되는 내셔널리즘의 배격이다. 비록 서구 문명의 긍정적 혜택을 부정하지 않고 선별적으로 받아들여함을 강조하고 있지만 그는 서구에서 동양으로 번지고 있는 내셔널리즘을 인류가 당면한 가장 큰 위협이라고 진단한다. 이러한 권력에 대한 탐욕과 배타적 조직은 인류의 종말을 야기할 뿐이라고 경고한다. 그는 국가(nation)라는 개념을 전략적으로 파악하여 이 점을 설득력 있게 설명하고 있다. 타고르에게 국가란 인종이나 문화적, 언어적으로 반드시 일치하지 않는 현대적이고 서구적인 관념이며, 획일화된 정치 조직체로서 냉혹한 목표를 추구하고 있다. 그는 제국주의자들이 국민국가를 앞세워서 효율과 과학이라는 미명 아래 식민지에 가하는 폭력은 물론이고, 인도와 아시아의 민족주의자들이 서양의 사상을 흉내 내어 정치적 자유를 쟁취하고자 하는 애국 운동에도 반대한다고 밝히고 있다. 얼핏 친서방적인 그의 태도와 더불어 이러한 비민족주의적 입장 때문에 많은 오해가 생긴 건지도 모른다. 하지만 타고르는 반식민주의 입장을 분명히 하고 있다. 이와 더불어 독립의 대의에는 찬성하지만, 자유를 얻기 위한 수단이 유럽식의 국가주의도 편협한 민족주의가 되어서도 안 됨을 강변하고 있는 것이다. 왜냐하면 정치적 자유를 위한 끝없는 투쟁으로는 어두운 폭력만이 초래될 뿐이어서 새로운 문명의 지평을 열 수 없다고 보기 때문이다.

이러한 관점에서 더 나아가 타고르는 식민주의와 반식민주의의 이분법을 극복하고 동양과 서양이 서로를 배척하지 않으며 궁극적으로 고차원의 통합을 이뤄야 한다는 혜안을 제시하고 있다. 그 길은 특색 없는 모호한 세계주의도 민족 숭배도 아님을 분명히 하고 있다. 이러한 통합을 이루기 위해서 그는 도덕적 자유와 진보의 이상이 살아 숨 쉬는 위대한 인간성을 추구해야 한다고 역설한다. 그가 주창하는 도덕적 세상이란 지식과 힘을 앞세워 무한 경쟁과 정복을 업으로 삼는 현대 국가의 모습에서가 아니라, 차이를 사회적 합의로 규제하면서도 정신적 통합의 내면적 가능성을 추구하는 사회이다. 특히, 서양의 기술과 물질을 역사 발전의 한 양상일 뿐이라고 파악하고 서구 근대 체제와 문명에 비관적인 태도를 취하며 대안 모색을 촉구하는 대목에서는 도래할 새로운 세계 질서를 예언하는 듯하여 전율을 느낄 정도이다. 그가 내셔널리즘이라는 현대 서구 이데올로기를 일관되게 비판하면서 인도와 아시아의 역사와 전통 사상, 그리고 잠재력을 강조하는 이유를 충분히 짐작할 수 있을 것이다.

번역의 기술적인 측면에서 복수의 뜻을 지닌 영어 단어 'nation'은 기본적으로 서구의 국민국가의 개념으로 보고 '국가'로 옮겼으나 '민족'이라는 뜻과 겹쳐져 더 넓은 의미가 필요한 'nationalist'와 'nationalism'은 그대로 '내셔널리스트'와 '내셔널리즘'으로 옮겼음을 밝혀두는 바이다. 이에 따라서 책 제목도 『내셔널리즘』으로 정하게 되었다. 끝으로 이 책을 지구적 세계문학 총서의 두 번째 책으로 흔쾌히 발간해준 글누림출판사에 감사의 뜻을 전하며, 타고르 문학을 사랑하는 독자들은 물론이고 다른 방면의 학자나 전공자들에게도 이 책이 유용하게 쓰이길 간절히 바라는 마음이다. 또한 타고르의 고향을 여행하고 내게 그 느낌을 전해준 아내 캐서린과 인도에서 태어난 아들 지홍에게 감사의 말을 전하고 싶다.

2013년 12월

손석주

| 차 례 |

제 1 부

일본에서의 내셔널리즘

* 이 글은 타고르가 1916년 일본의 제국 대학과 게이오 대학에서 일본인들에게 한 강연으로, 과도한 내셔널리즘을 경계하고 서양의 침략에 맞서 아시아를 수호해야 할 일본이 식민주의를 펼치는 것이 과연 옳은 일인가를 물으며 완곡하지만 분명하게 반성을 촉구하고 있다. 당사자인 일본인들 앞에서 이루어진 강연이기에 직설적인 표현을 자제하면서 타이르고 달래는 어법을 사용했다.

1

　가장 나쁜 형태의 굴종은 바로 사람들이 자신감을 잃고 절망적인 상태로 묶여 있는 것이다. 죽은 자들을 영원토록 만들어서 그 장엄함을 보여주는 화려한 무덤과도 같은 과거에 아시아가 살고 있다는 이야기를 우리는 어느 정도의 근거와 함께 자주 듣게 된다. 아시아가 그토록 얼굴을 뒤로 돌리고 있으므로 결코 발전의 길로 갈 수 없다고 한다. 우리는 이러한 비난을 받아들이고 믿게 되었다. 이러한 비난에 모욕감을 느끼는데 질린 많은 인도의 지식인들이 자기기만의 온 힘을 다하여 그것을 자랑거리로 바꾸고자 노력하고 있다. 그러나 자랑은 가면을 쓴 불명예일 뿐이며 진실로 자신을 믿는 것이 아니다.

　상황이 이러하고 아시아인들 스스로가 이런 상황을 절대 타개할 수 없다는 최면을 걸고 있을 때, 일본이 꿈에서 깨어나 수 세기에 걸친 휴식을 뒤로 하고 큰 걸음으로 최고의 업적을 이루어 현대를 따라잡았다. 그 덕분에 우리는 오랫동안의 휴면 상태를 어떤 지리적 한계에 살고 있는 인종들의 정상적인 상태로 받아들이던 미몽에서 깨어나게 되었다. 그러나 우리는 아시아에서 위대한 왕국들이 건설되었고 철학, 과학, 예술, 문학이 번성했으며 세계의 모든 위대한 종교가 탄생했음을 잊고 있다. 아시아의 토양과 기후에 정신적인 무능을 야기하고 발전 능력을 위축시키는 본질적인 것이 있다고 말할 수는 없다. 수 세기 동안 우리가 동양에서 문명의 횃불을 들고 있을 때 서양은 어둠속에서 잠자고 있었다. 이로 미루어 볼 때 정신이 뒤떨어지거나 통찰력이 좁다고 말할 수는 없을 것이다.

하지만 동방의 땅에 어두운 밤이 찾아왔다. 시간의 흐름이 일순간 멈춘 것 같았다. 새로운 음식을 섭취하기를 멈춘 아시아는 자신의 과거를 먹고 살았으나, 실상 자신을 먹이로 하고 있었다. 정적은 죽음과도 같았다. 불순물을 정화시켜 대지를 달콤하게 만드는 바다 바람처럼 인류의 삶을 오랫동안 오염으로부터 구해 주었던 불멸의 진리를 전하던 위대한 목소리는 침묵하고 말았다.

그러나 생명이란 잠을 자고 활동하지 않는 시기가 있는 법이다. 그때 생명은 움직임을 멈추고 새로운 음식을 섭취하지 않으며 과거에 모아둔 음식으로 살게 된다. 그러면 생명의 근육은 이완되고 무력해져서 자신의 혼수상태로 인하여 쉽사리 놀림을 받게 된다. 생명의 순환에서 휴식은 재생을 위한 것이다. 생명은 활동 단계에서 자신의 에너지를 불태우며 힘을 다 써버리고 만다. 이러한 무절제가 무한히 계속 될 수 없기에 항상 비활동 단계가 뒤따르게 마련이고, 그렇게 되면 휴식과 느린 회복을 위하여 모든 소비와 모험을 멈추게 된다.

정신은 경제적인 성향을 지니고 있다. 따라서 습관을 형성하고 판에 박힌 대로 움직여서 각 단계마다 새로운 생각을 하는 수고를 덜고 싶어 한다. 한번 만들어진 이상들은 정신을 게으르게 만든다. 그래서 정신은 새로운 시도를 통하여 이미 손에 넣은 것들을 위태롭게 만드는 일을 두려워한다. 자신의 소유물들을 습관이라는 요새 속에 가두고 완벽한 안전을 즐기고 싶어 한다. 그러나 이는 사실 자신이 가진 소유물들을 온전히 즐기는 일을 막는 것이다. 이것이 바로 탐욕이다. 살아 있는 이상들은 성장하고 변화하는 생명과의 접촉을 놓쳐서는 안 된다. 진정한 자유란 안전이라는 경계 안이 아니라, 새로운 경험이라는 위험으로 가득한 모험의 대로 위에 있기 때문이다.

어느 날 아침 일본이 하룻밤 사이에 돌연히 옛 습관의 벽을 뚫고 의기양양하게 등장하자 전 세계가 깜짝 놀라서 바라보았다. 믿기 어려울 만큼 짧은 시간에 발생한 일이라 마치 새 옷으로 갈아입거나 새 건물을 막 지은 듯했다. 일본은 자신감 있는 성숙한 힘과 함께 새 생명의 신선함과 무한한 가능성을 동시에 보여주었다. 비누 거품처럼 완벽하게 둥글고 아름답지만 공허하고 알맹이가 없는 아이들 장난 같은 시간, 역사의 변덕일지도 모른다는 두려움이 있었다. 그러나 이러한 갑작스런 힘의 발현이 깊은 어둠으로부터 쏟아져 나와 즉시 망각의 바다로 휩쓸려 사라져 버릴 시간과 시류의 우연한 산물이자 일시적인 기적이 아님을 일본은 분명히 입증했다.

사실 일본은 오래됨과 동시에 새롭다. 일본은 동양의 오래된 문화유산을 이어받았다. 동양의 문화란 내면의 진정한 부와 힘을 찾도록 만들며, 상실과 위험에 직면해서는 침착하도록 만들고, 비용을 계산하거나 이익을 바라지 않고 헌신하게 하며, 죽음에 개의치 않고 사회적 존재로서 우리가 지고 있는 수많은 사회적 의무들을 받아들이도록 한다. 요컨대 현대의 일본은 우아하게 피어나는 연꽃처럼 태고의 동양으로부터 나오면서도 자신이 돋아나온 곳의 심오한 깊이를 꽉 붙잡고 있다.

늙은 동양의 후손인 일본은 현대의 모든 선물들이 자신의 것이라고 겁 없이 주장한다. 대담한 정신으로 일본은 습관의 장벽들과 함께 자물쇠를 잠그고 번영 속에서 안주하려는 게으른 마음의 헛된 축적물들을 극복했다. 그리하여 일본은 살아 있는 시간과 접촉하고 열정과 재능으로 현대 문명의 책임들을 받아들였다.

이로 인해서 다른 아시아인들이 용기를 얻게 되었다. 그러한 생명과 힘이 우리 자신에게도 있으며 죽은 껍데기를 제거해야 한다는 것을 깨달았다. 죽은 것을 은신처로 삼는 것이 바로 죽음이며, 생명의 모든 위험을 최대한 무릅쓰는 것만이 살아 있는 것임을 우리는 깨달았다.

나는 일본이 서양을 흉내 냄으로써 지금에 이르렀다고 생각지 않는다. 우리는 생명을 모방할 수 없고 오랫동안 힘을 가진 척할 수 없으며, 더군다나 단순히 흉내만 낸다는 것은 나약함의 근원이 된다. 왜냐하면 그것은 우리의 진실한 본성을 방해하고, 우리의 앞길을 항상 가로막기 때문이다. 마치 우리의 뼈에다가 다른 사람의 피부를 입혀서 몸이 움직일 때마다 피부와 뼈 사이에 불화가 일어나는 것과 같다.

사실 과학은 인간의 본성이 아니며 단순한 지식과 훈련일 뿐이다. 물질세계의 법칙을 안다고 해서 심오한 인간성을 바꿀 수는 없다. 지식은 다른 사람들로부터 빌릴 수 있지만 인간성은 그렇지 못하다.

그러나 학교 교육의 모방 단계에서 우리는 필수적인 것과 그렇지 않은 것, 전수 가능한 것과 그렇지 않은 것을 구분할 수가 없다. 마치 원시적인 마음이 약간의 진실을 담고 있는 표면적 형태의 우연한 마술에 대하여 갖고 있는 신념과도 같다. 낟알을 껍데기와 함께 삼키지 않으면 뭔가 귀중하고 효험 있는 것을 놓치는 것은 아닌지 우리는 두려워한다. 욕심 때문에 우리는 많이 소유하는 것에 기뻐한다. 그러나 우리의 중요한 본성의 기능은 동화하는 것이며 이것이야 말로 살아 있는 생물체의 진정한 소유물이다. 생명은 체질적인 필요에 따라서 수락과 거부라는 선택을 통해서 그 모습을 드러낸다. 살아 있는 생명체는 먹이로 자라지 않고, 먹이를 자신의 몸의 일부로 바꾸어 놓는다. 그렇게 함으로써 단순히 축적하거나 개인의 정체성을 포기하지 않으면서 강하게 자랄 수 있게 된다.

일본은 서양으로부터 먹이를 수입했지만 자신의 중요한 본성은 그렇게 하지 않았다. 서양으로부터 얻은 과학 장비들에 자신을 잃어버리고 몰입되어서 단순히 빌린 기계로 전락하지 않았다. 일본은 모든 필요한 조건에 자신의 영혼을 담았다. 일본이 보여주는 원기 왕성한 건강의 표시들을 보면 그런 일이 가능하며 동화의 과정이 진행 중임을 충분히 알 수 있다. 나는 일본이 외국에서 얻은 것에 대한 단순한 자부심 때문에 영혼에 대한 믿음을 결코 저버리지 않기를 간절히 바란다. 왜냐하면 그러한 자부심은 굴욕이어서 결국은 가난과 나약함으로 이어질 것이기 때문이다. 또한 자신의 머리 자체보다 새로운 머리 장식을 더 중요시 여기는 멋쟁이의 자부심이기 때문이다.

현대로부터 받아들인 기회와 책임을 가지고서 이 위대한 동양의 국가가 무엇을 할지 온 세계가 지켜보고 있다. 단순히 서양의 복제물이 된다면 일본이 불러일으킨 위대한 기대는 실현되지 못할 것이다. 왜냐하면 서양 문명이 세계에 제기하고도 완전히 답하지 못한 심각한 문제들이 있기 때문이다. 개인과 국가의 갈등, 노동과 자본의 갈등, 남성과 여성의 갈등, 물질적 이익에 대한 탐욕과 인간의 정신적 삶 사이의 갈등, 국가들의 조직적인 이기심과 인류의 고차원적 이상들 간의 갈등, 또한 거대한 상업과 국가 조직으로 인한 추악한 복잡함에 대항하여 간결함, 아름다움, 완전한 여가를 갈망하는 인간의 자연스러운 본능의 갈등. 이 모든 갈등들을 아직까지 생각해 내지 못한 방식으로 조화를 이루어야 한다.

우리는 위대한 문명의 흐름이 수많은 물길들을 타고 떠내려 온 파편 더미에서 질식하고 있는 모습을 목격하고 있다. 또한 인류를 사랑한다고 뽐내는 서양 문명이 사실은 초기 역사에서 겪었던 유목민들의 악랄한 야만성보다 훨씬 나쁘며 인간에게 가장 큰 위협임을 깨닫게 되었다. 서구 문명이 자유를 사랑한다고 자랑하지만 이전 사회들보다 나쁜 형태의 노예 상태를 만들어 냈다. 이러한 노예의 사슬은 보이지 않거나, 혹은 자유라는 이름과 겉모습을 띠고 있기 때문에 부서뜨릴 수 없다. 서양 문명의 거대한 탐욕의 마술에 걸려 있는 인간이 자신을 위대하게 만들었던 삶의 모든 영웅적인 이상들에 대한 신념을 상실하고 있는 것을 우리는 목격하고 있다.

따라서 당신들은 결코 가벼운 마음으로 현대 문명의 성격, 수단, 구조를 받아들이며 그것이 필연적이라고 꿈꿀 수 없다. 당신들은 동양적인 마음, 정신적인 힘, 소박함에 대한 사랑, 그리고 사회적 의무에 대한 인식을 발휘하여, 거친 불협화음을 내면서 달리는 진보라는 다루기 힘든 거대한 자동차를 위해서 새로운 길을 만들어야 한다. 차가 움직일 때마다 요구하는 인간 생명과 자유의 막대한 희생을 최소화해야 한다. 여러 세대를 거쳐서 느끼고 생각하고 일하면서 당신들은 특수한 방식으로 즐기며 숭배해왔다. 이런 것을 헌옷처럼 벗어던질 수는 없다. 당신들의 귓속에, 골수에, 살의 감촉에, 그리고 당신들의 뇌세포 조직 속에 이것이 들어 있기 때문이다. 그리하여 자신도 모르게, 심지어는 뜻에 반하게 당신들이 손대는 모든 것을 바꿔놓기도 한다. 사람들이 겪는 문제들을 만족스럽게 해결하고 나서 당신들은 생명 철학으로 자신만의 삶의 방식을 발전시켰다. 이것을 현재 상황에 적용시킨다면 단순한 반복이 아닌 새로운 창조물이 탄생할 것이다. 이는 당신 영혼이 스스로 소유할 수 있을 뿐만 아니라 인류 복지에 기여할 수 있도록 전 세계에 자랑스럽게 내놓을 수 있을 것이다. 아시아의 모든 국가들 가운데 일본이 서양으로부터 얻은 재료들을 자신만의 천재성과 필요에 따라서 자유롭게 사용할 수 있다. 따라서 당신들의 책임이 훨씬 더 크다고 할 수 있는데, 그 이유는 아시아가 일본의 목소리를 통해서 유럽이 인류에게 제시한 질문들에 답할 것이기 때문이다. 이 나라에서 행해질 실험들을 통하여 동양은 현대 문명의 양상들을 바꿀 것이다. 그리하여 기계가 있는 곳에 생명을 불어넣고, 인간적인 마음으로 냉정한 편의주의를 대신하며, 권력과 성공보다는 진실과 아름다움을 위하여 조화롭고 살아 있는 성장을 갈구할 것이다.

버마에서 일본에 이르는 동아시아 전체가 국가 간에 존재하는 가장 자연스럽고 가까운 친선 관계를 인도와 맺었던 시절에 대해서 이야기하지 않을 수 없다. 그때는 마음에서 우러나오는 살아 있는 의사소통이 이루어졌고, 인류의 가장 깊은 욕구에 대한 메시지들이 활발히 오고가서 우리들 사이에 신경계통이 발달할 정도였다. 서로를 무서워하지 않았고 견제하기 위해서 무장하지도 않았다. 사리사욕을 채우고 서로의 주머니를 뒤지고 약탈하는 관계가 아니었다. 생각과 이상을 서로 교환하면서 가장 고귀한 사랑의 선물들을 주고받았다. 언어와 관습의 차이 때문에 서로에게 마음을 열고 다가가는데 방해를 받지 않았다. 육체적 또는 정신적인 인종적 자부심이나 거만한 우월 의식이 우리의 관계를 해치지도 않았다. 우리의 예술과 문학은 이러한 하나 된 마음의 햇빛의 영향을 받아서 새 잎사귀와 꽃망울을 터트렸으며, 다른 땅과 언어와 역사에 속한 인종들이 가장 높은 차원의 결속과 가장 깊은 사랑의 유대에 고마워했다. 고귀한 삶의 목표들을 위해서 사람들이 단결하던 그러한 평화와 친선의 시절에 자연은 불멸의 진통제를 준비하였다. 그렇게 해서 당신들이 새로운 시대에 다시 태어나서 낡고 진부한 구조물들을 이겨내도록 도왔다. 또한 세상에서 가장 놀라운 혁명의 충격으로브터 다치지 않고 새롭고 젊은 몸을 가질 수 있도록 도와주었다. 그러니 어찌 그런 시절을 잊을 수 있겠는가?

유럽 땅에서 출현하여 왕성한 잡초처럼 전 세계에 번지고 있는 정치 문명은 배타성에 근거하고 있다. 타인을 견제하거나 제거하기 위해서 항상 경계한다. 이러한 문명은 육식성이며 식인적인 경향을 지니고 있다. 그리하여 다른 사람들의 자원을 먹고 살며 그들의 모든 미래를 집어 삼키려고 한다. 또한 탁월함을 이룬 다른 인종들을 항상 두려워하고 위협으로 규정지으며, 자신의 경계 밖에 있는 모든 위대한 징후들을 방해하고 자신보다 약한 인종들이 영원히 약하도록 만든다. 이러한 정치 문명이 득세하여 배고픈 입을 벌려 위대한 대륙들을 집어 삼키기 전에 우리는 전쟁, 약탈, 왕조의 변화와 그에 따른 불행들을 겪었다. 그러나 국가들을 통째로 집어삼키고 거대한 기계들이 커다란 땅덩어리를 잘게 써는 두렵고 절망적인 탐욕의 모습은 결코 보지 못했다. 흉악한 이빨과 발톱으로 서로의 장기들을 기꺼이 찢고야 말겠다는 그런 끔찍한 질투는 결코 경험하지 못했다. 이러한 정치 문명은 인간적인 것이 아니라 과학적인 것이다. 자신의 영혼을 희생시켜서 돈을 버는 백만장자처럼 그것은 모든 힘을 한 가지 목표에만 집중시키기 때문에 강력하다. 또한 신뢰를 배신하고 아무런 부끄럼 없이 거짓말의 올가미를 짜며, 거대한 탐욕의 우상들을 사원에 모시고 값비싼 숭배 의식을 자랑스럽게 여기며 그것을 애국심이라고 부른다. 따라서 이러한 일이 계속 될 수 없음을 쉽사리 예측할 수 있다. 그 이유는 이 세계에 개인과 인간 조직에 공통으로 적용되는 도덕률이 있기 때문이다. 이러한 법을 국가라는 이름으로 계속 위반하면서 개인들이 이득을 누릴 수는 없다. 도덕적 이상들을 공공연히 약화시키게 되면 사회 구성원 모두에게 서서히 영향을 미치게 되고 보이지 않는 곳에서 점차 나약함이 발생하게 된다. 그리하여 인간 본성에 고귀한 모든 것들을 냉소적으로 불신하게 되는데 이것이야 말로 진정한 노쇠함의 증상이다. 당신들은 이러한 정치 문명, 이러한 애국심이 오랜 시험을 거치지 않았음을 명심해야 한다. 고대 그리스의 등불은 그것이 맨 먼저 불 붙여진 땅에서 사라졌으며, 로마의 힘은 소멸하여 거대한 제국의 폐허 아래에 묻혀 있다. 그러나 사회와 인간의 정신적 이상을 근본으로 삼는 문명은 여전히 중국과 인도에 살아 있다. 현대의 기계적 힘의 기준으로 볼 때 그것은 미약하고 작아 보인다. 그러나 여전히 생명을 담고 있는 작은 씨들처럼 싹을 틔우고 자라나 풍성한 가지들을 뻗어서 때가 되어 은혜로운 소나기가 하늘에서 내리면 꽃들과 열매들을 피우게 될 것이다. 그러나 권력의 마천루의 폐허들과 부서진 탐욕의 기계들은 신이 내린 비로도 다시 일으켜 세울 수가 없다. 왜냐하면 그것들은 생명으로 만들어진 것이 아니고 생명에 반하는 것이며, 불멸에 부딪쳐서 산산조각이 난 반란의 유물들이기 때문이다.

그러나 우리는 다음과 같은 비난에 직면해 있다. 동양에서 소중히 여기는 이상들이 정적이어서 스스로 움직여 새로운 지식과 힘의 전망을 보여줄 힘을 갖고 있지 않다고 한다. 또한 오래된 동양 문명의 대들보인 철학 체계가 모든 외면적 증거물들을 경멸하고 주관적인 확신에만 무심하게 만족하고 있다고 한다. 이는 지식이 모호하면 오히려 지식의 대상이 모호하다고 비난하기 쉬움을 입증하는 것이다. 마치 귀머거리가 피아노 연주를 들을 수 없어서 손가락의 움직임만을 볼 수 있는 것처럼, 서양인의 눈에는 우리의 문명이 모두 형이상학으로 보인다. 서양인은 우리가 심오한 현실을 바탕으로 우리의 제도를 만들었다고 생각지 않는다.

불행하게도 현실의 모든 증거는 그 실현에 있다. 눈앞에 보이는 장면의 현실은 바로 그것을 볼 수 있다는 사실에 근거하고 있다. 따라서 믿지 않으려는 사람에게 우리의 문명이 추상적인 사색의 모호한 체계가 아니라 인간의 마음에 쉼터와 자양물을 제공하는 명확한 진실을 담고 있음을 입증하기란 어렵다. 우리 문명은 유한한 것들에서 무한한 현실을 볼 수 있는 비전인 내면의 감각을 발전시켰다.

그러나 서양인은 이렇게 말할 것이다. “당신들은 발전을 이루지 못했고 전혀 움직이지 않고 있소." 그러면 나는 이렇게 묻고 싶다. "그걸 어떻게 아시오? 발전이란 목표에 따라서 판단해야 하는 거요. 기차가 역으로 향하고 있다면 움직인다고 할 수 있소. 그러나 다 자란 나무는 그렇게 명확하게 움직일 수가 없소. 왜냐하면 나무의 발전은 내부의 생명의 발전이기 때문이오. 잎들을 흥분시키며 조용한 수액으로 스며 들어가는 햇빛을 향한 열망을 가진 채 나무는 살고 있다오."

우리도 수 세기 동안 살아왔고 여전히 살고 있으며, 아직까지 실현 되지 않은 현실을 열망하며 살아가고 있다. 그러한 현실은 죽음을 뛰 어 넘어서 그것에 의미를 부여하며, 삶의 모든 악을 극복하고 평화와 순결함을 가져오는 것은 물론이고 자신을 기꺼이 희생할 수 있도록 만 들어 준다. 이러한 내면적 삶의 결과물은 살아 있는 것이다. 지친 젊은 이들이 먼지를 뒤집어 쓴 채 집으로 돌아갈 때, 군인들이 부상을 당했 을 때, 재산을 탕진하고 자존심이 무너졌을 때, 그리고 인간의 마음이 많은 사실들 가운데 진실을 찾고자 외치며 모순 속에서 조화를 찾고자 할 때 바로 이런 살아 있는 것이 필요하다. 그것의 가치는 물질의 증 식이 아니라 정신적인 충족에 있다.

그저 기다리고 있을 수만 없는 것들이 있다. 시장에서 싸우거나 제 일 좋은 자리를 차지하려고 한다면 당신은 급히 서둘러 달려가야 한 다. 손에 닿지 않는 기회를 쫓을 때는 신경을 곤두세우고 긴장해야 한 다. 그러나 우리의 삶과 숨바꼭질을 하지 않는 이상들은 서서히 씨앗 에서 꽃으로, 꽃에서 열매로 자란다. 성숙해 지기 위하여 무한한 공간과 하늘의 빛을 필요로 하는 그들이 만들어낸 열매들은 오랜 세월의 모욕과 무시를 견뎌낼 수 있다. 이러한 이상들을 가진 동양은 오랜 세월의 햇빛과 별들의 침묵을 가슴 속에 품고 있다. 그리하여 편리한 것들을 뒤쫓는 서양이 숨이 차서 멈추기를 인내하며 기다릴 수 있다. 일 때문에 서두르고 있는 유럽은 객차 창밖으로 들판에서 수확물을 거둬들이는 농부를 경멸적으로 바라보면서 속도감에 취한 채 농부가 느리며 뒤처져 있다고 생각한다. 그러나 속력이 멈추고 일의 의미를 잃고 배고픈 마음이 음식을 외치게 되면 유럽은 마침내 태양 아래서 수확물을 거둬들이는 초라한 농부에게로 간다. 왜냐하면 업무와 사고파는 일 그리고 흥분을 갈망하는 일은 기다릴 수가 없지만 사랑, 아름다움, 고통을 참는 지혜, 인내하는 헌신의 열매들, 소박한 신념을 가진 경건한 온순함은 기다릴 수 있기 때문이다. 그러므로 동양은 자신의 시간이 올 때까지 기다릴 것이다.

나는 유럽이 얼마나 위대한지 지체하지 않고 아무런 의심도 없이 인정한다. 우리는 진심으로 유럽을 사랑하고 가능한 최고의 찬사를 선사하지 않을 수 없다. 유럽은 문학과 예술을 통해서 아름다움과 진실을 지치지 않고 뿜어내어 모든 나라와 전 시대를 풍성하게 만든다. 또한 지칠 줄 모르는 위대한 지성으로 우주의 깊고 높은 곳을 휩쓸면서 무한히 위대한 것과 무한히 작은 것으로부터 지식을 얻는다. 그리하여 자신의 모든 위대한 지성과 감성의 자원을 아픈 사람들을 치료하고 지금까지 절망적으로 체념하며 받아들일 수밖에 없었던 사람들의 불행을 덜어주는데 사용한다. 또한 땅에서 가능한 것 이상의 과일을 수확하게 만들고 자연의 위대한 힘을 인간이 사용할 수 있도록 달래기도 하고 강요하기도 한다.

진정한 위대함의 원인은 정신적인 힘에 있다. 인간의 정신만이 모든 제약을 무시하고 결국은 승리하리라는 신념을 가질 수 있다. 또한 가깝고 명백한 것 너머로 탐조등을 비출 수 있으며, 평생 이룰 수 없는 목표들을 위해서 기꺼이 순교하고 패배를 인정하지 않고서도 실패를 받아들일 수 있다. 유럽의 마음속에는 인간적 사랑, 정의의 사랑, 그리고 보다 높은 이상들을 위한 자기희생 정신의 가장 순결한 물결이 흐르고 있다. 수 세기에 걸친 기독교 문화가 유럽의 삶 중심에 깊숙이 박혀 있다. 유럽의 숭고한 지성인들이 피부색과 이념에 관계없이 인간의 권리를 지키기 위해 일어서고, 자국민들로부터 비방과 모욕을 당하면서도 인류의 대의를 위해서 군사주의의 광기나 온 국민을 지배하는 야만적 보복과 탐욕의 광기에 반대하며 목청 높여 싸우는 모습을 우리는 목격했다. 또한 그들은 과거에 자신의 국가들이 저지른 잘못을 언제든지 기꺼이 보상하고자 하며, 상처받은 자들의 저항이 미약하여 멈추지 않고 계속되는 비겁한 불의의 물결을 막기 위해서 비록 헛되지만 노력을 멈추지 않고 있다. 이러한 현대 유럽의 협객들은 자유에 대한 사심 없는 사랑과, 지리적 경계나 국가적 이기주의와는 무관한 이상들에 대한 신념을 잃지 않았다. 이런 점에서 볼 때 유럽이 계속 부활할 수 있는 영원한 생명수의 원천이 메마르지 않았음을 알 수 있다. 그러

나 지금 유럽은 힘을 키우려고 바쁘게 움직이고 자신의 깊은 본성을
무시하고 조롱하며, 부정을 하늘 높이 쌓아 올리고 스스로 신의 벌을
재촉하면서 육체적 도덕적으로 추악한 전염병을 온 지구상에 퍼트리
고 무자비한 상업으로 인간의 미와 선의 감각을 무분별하게 해치고 있
다. 자신의 얼굴을 모든 인류에게 향하고 있을 때 유럽의 선행은 더
없이 훌륭하지만, 자신의 얼굴을 오직 사리사욕에만 향하고 모든 위대
한 힘을 인간의 무한함과 영원함에 어긋나는 목적들을 위해서 사용할
때 그 악행은 더 없이 사악하다.

동아시아는 자신의 길을 추구하며 자신의 문명을 발전시키고 있다.
그것은 정치적이 아니라 사회적이며, 약탈을 일삼거나 기계적으로 효
율적이지 않고 정신적이며, 다양하고 깊은 인간관계에 기반을 두고 있
다. 삶의 문제에 대한 해결 방법을 속세에서 떠나 생각해 낸 후 초연
하고 안전하게 실행했기 때문에 모든 왕조의 변화와 외국의 침략에 거
의 영향을 받지 않았다. 지금은 외부 세계가 밀어닥쳐서 우리의 은둔
은 영원히 끝나고 말았다. 그러나 파종기에 궁벽한 땅이 파이는 것을
농작물이 후회하지 않듯이 우리는 이 점을 유감스럽게 생각해서는 안
된다. 이제 세계의 문제를 우리 자신의 문제로 삼고 지구상의 모든 국
가의 역사와 문명 정신의 조화를 이루어야 할 때가 왔다. 이제 어리석
은 자부심으로 우리의 이상들을 보호하고 살찌웠던 땅의 표면과 씨앗
의 껍질 속에 스스로를 가둬서는 안 된다. 이러한 표면과 껍질은 부서
져야 한다. 그래야 모든 활력과 아름다움으로 생명이 분출하여 밝은

빛 속의 세상으로 선물들을 꺼내 놓을 수 있기 때문이다.

장벽을 부수고 세계에 맞서는데 일본이 동양에서 제일 먼저 앞장섰다. 일본은 모든 아시아의 마음에 희망을 불어넣었다. 이러한 희망은 모든 창조적 작업에 필요한 숨겨진 열정을 제공한다. 이제 아시아는 살아 있는 업적을 만들어 냄으로써 자신의 생명을 입증해야 하며, 두려움과 아첨에 심취해서 수동적으로 동면하거나 힘없이 서양을 모방해서는 안 된다. 이에 대해서 우리는 떠오르는 태양의 나라에 고마움을 표하고 일본이 동양의 임무를 충실히 이행해야 함을 진지하게 촉구해야 한다. 일본은 보다 충만한 인류의 활력을 현대 문명의 마음속에 불어넣어야 한다. 현대 문명이 유해한 발육 부족으로 질식하지 않고 새벽이나 밤의 어둠속에서 하늘의 영감을 얻을 수 있도록 일본이 빛과 자유로 그리고 맑은 대기와 광활한 우주로 이끌어야 한다. 일본의 위대한 이상들을 모든 인간들이 볼 수 있도록 해야 한다. 나라의 한가운데서 솟아 무한한 지역까지 뻗어서 주변과 더없이 다르고 처녀의 곡선미처럼 매우 아름답지만 단단하고 튼튼하며 평온한 위엄을 지닌 눈 덮인 후지산처럼 말이다.

2

많은 나라를 여행하면서 다양한 계급의 사람들을 만났지만 이 나라에서처럼 인간적 존재를 뚜렷하게 느껴본 적이 없다. 인간의 힘의 표시가 두드러지게 나타나는 다른 위대한 나라들에서 나는 효율성을 특징으로 하는 거대한 조직들을 목격했다. 옷, 가구, 값비싼 오락장들의 사치와 과시에 매우 놀랐다. 마치 축제에 난입한 가난한 사람처럼 구석으로 내몰리는 듯한 경험이었다. 부럽기도 하고 놀라움으로 숨이 막힐 지경이었다. 그곳에서는 사람이 최고로 느껴지지 않는다. 마치 사람이 자신을 소외시키는 거대한 물건들에 내던져지는 기분이다. 그러나 일본에서는 힘과 부의 과시가 지배적인 요소가 아니다. 야심과 욕심이 아닌 사랑과 숭배의 상징들을 어디서나 볼 수 있다. 일상에서 가장 흔한 도구들, 사회 기관, 조심스럽고 완벽한 태도, 그리고 모든 움직임이 능숙하고 우아한 사물을 다루는 솜씨에서 사람들이 온 정성을 다 기울이는 모습을 볼 수 있다.

이 나라에서 내가 가장 감명 받은 것은 자연의 비밀들을 분석적인 지식의 방법이 아니라 공감에 의해서 깨달았다는 점이다. 당신들은 자연의 모습에 담긴 언어, 자연의 색깔에 담긴 음악, 자연의 불규칙 속에 숨어 있는 조화, 그리고 자연의 자유로운 움직임에 담긴 운율을 발견했다. 또한 자연이 어떻게 많은 것들을 이끌면서도 마찰을 피하는지, 자연의 창즈물들이 어떻게 춤과 음악에 맞춰서 갈등을 해결하는지, 자연의 무성함이 단순히 헛된 과시가 아니라 어떻게 완전한 자기희생을 하는지도 깨달았다. 당신들은 자연이 아름다운 모습으로 힘을 아끼고 있음도 알아냈다. 이러한 아름다움이 어머니처럼 모든 거대한 힘들에게 젖을 먹여 길러서 원기왕성하면서도 조화를 이루도록 만든다. 자연의 힘은 완벽하게 우아한 리듬 때문에 지치지 않으며 곡선의 부드러움으로 세상의 근육들로부터 피로를 앗아간다. 당신들은 이러한 비밀들을 자신의 삶에 동화시켰고, 모든 것의 아름다움에 담긴 진실이 당신들의 영혼으로 들어갔다고 나는 생각한다. 사물에 대한 단순한 지식은 짧은 시간에 습득할 수 있지만 정신은 수 세기의 훈련과 자기절제를 통해서만 얻을 수 있다. 외부로부터 자연을 지배하는 일이 진정한 천재적 업적인 사랑의 기쁨으로 자연을 자기 것으로 만드는 일보다 훨씬 간단하다. 당신들은 획득이 아닌 창조로, 사물을 과시하는 것이 아니라 자신의 내면을 드러냄으로써 그러한 천재성을 보여주었다. 모든 국가들이 가지고 있는 이러한 창조적인 힘은 인간의 본성을 이해하고 이상들에 어울리는 외형을 제공해준다. 이곳 일본에서는 그러한 힘이 성공을 거두고 모든 사람들의 마음속 깊이 자리 잡았으며 그들의 근육과 신경에 충만해 있다. 당신들의 본능은 진실 되고, 감각은 예리하며, 손은 자연스러운 기술을 습득했다. 유럽의 천재성은 사람들에게 조직하는 힘을 부여해서, 특히 정치와 상업 그리고 과학적 지식을 조화시키는데 탁월하도록 만들었다. 일본의 천재성은 자연의 아름다움에 대한 통찰력 그리고 삶에서 그것을 실현할 수 있는 힘을 주었다.

모든 문명은 특정한 인간 경험을 해석하는 것이다. 유럽은 우주에서 벌어지는 사물들의 갈등을 중요하게 여겼고 그것이 정복을 통해서만 통제될 수 있다고 생각했다. 따라서 유럽은 항상 싸울 준비가 되어 있고 가장 큰 관심사를 힘의 조직에 두고 있다. 그러나 일본은 영혼에 경건한 숭배의 감정을 불러일으키는 어떤 존재의 손길을 우주에서 느꼈다. 자신이 자연을 지배한다고 뽐내지 않으며, 무한한 관심과 기쁨으로 자연에게 사랑의 선물들을 바친다. 일본의 세상과의 관계는 깊은 마음의 관계이다. 이러한 정신적 사랑의 유대를 언덕들, 바다와 강물, 꽃으로 뒤덮인 다양한 모양의 나뭇가지들이 있는 숲들과 맺었다. 일본은 숲의 모든 바스락거리는 속삭임과 한숨 소리, 그리고 울부짖는 파도 소리를 마음에 새긴다. 또한 해와 달의 모든 빛과 그림자의 변화를 연구하고 기꺼이 가게문을 닫고서 과수원, 정원, 옥수수밭에서 계절을 맞을 준비가 되어 있다. 이렇게 세계의 영혼에 마음을 여는 일이 특권층에만 국한된 것이 아니고 이국적인 문화의 강요된 산물도 아니다. 모든 계층의 사람들을 포함하고 있다. 세계의 마음속에 있는 인간성을 접하는 이러한 영혼의 경험이 당신들의 문명에 구현되어 있다. 이것이 바로 인간관계의 문명이다. 그리하여 자연스럽게 당신들의 국가에 대한 의무가 효도의 성격을 지니며 국가는 천황을 우두머리로 하는 한 가족이 된다. 일본의 국가적 단결은 방어나 공격을 목표로 하는 군대식 전우애나, 또는 위험을 분산하고 강도짓의 노획물을 함께 나누는 침략 활동의 협력에서 발전한 것이 아니다. 어떤 은밀한 목적을 위한 조직의 필요성에 의한 결과가 아니라, 시간과 공간의 광활한 들판에서 가족과 함께 마음을 담은 의무가 확장된 것이다. 인간과 자연의 마이트리(maitri)[1]를 이루고자 하는 이상이 당신들의 문화 밑바닥에 깔려 있다. 이러한 사랑의 진정한 표현은 아름다운 언어로 이 나라 도처에 넘쳐나고 있다. 이러한 이유로 나 같은 이방인이 사랑의 창조물인 이러한 아름다운 모습들 앞에서 질투나 굴욕감을 느끼지 않고, 대신에 인간의 마음이 발현되는 그러한 기쁨과 영광에 기꺼이 동참하고 싶어지는 것이다.

그리하여 나 자신에 대한 위협과 다름없는 일본 문명을 위협하는 변화에 대해서 내가 더욱 걱정하게 된 것이다. 공통된 인연이라고는 오로지 효율성 밖에 없는 현대의 거대한 이질성이 가장 비참하게 드러난 곳이 바로 절제된 아름다움의 위엄과 숨겨진 힘을 지닌 일본이기 때문이다.

조직적인 추악함이 마음을 급습하고 호전적인 방식으로 큰 승리를 거둘 것이다. 그러나 마음의 깊은 감정을 비웃는 힘이 더 위험하다. 그것의 가혹한 참견으로 인해서 우리의 감각들은 패배하고 억지로 추악함을 보아야만 한다. 그러면 야만인들이 사악함 때문에 강해 보이는 숭배의 대상에게 하듯이 우리는 제단에 제물들을 바치게 된다. 따라서 겸손하고 심오하며 삶의 미묘함을 지닌 사물들과 맞서는 그 추악함을 무서워 할 수밖에 없다.

일본에도 당신들이 물려받은 이상들에 공감하지 않고 성숙이 아니라 오로지 이익을 목적으로 하는 이들이 있다고 나는 확신한다. 그들

---

1) 마이트리(maitri) - 힌두어로 우정 또는 친절이라는 의미. 불교에서는 자애 또는 인자라는 의미로 사용된다.

은 바로 자신들이 일본을 현대화시켰다고 큰소리로 자랑한다. 인종의
정신이 시대의 정신과 조화를 이루어야 한다는 점에는 동의하지만, 시
를 흉내 낸다고 해서 시가 아니듯이 현대화란 단순히 현대식을 모방하
는 것뿐이라고 그들에게 경고하고 싶다. 흉내일 뿐이거나 진짜보다 요
란한 모방이거나 상상력이 없다. 정말로 용감한 사람들이 허풍선이 아
니듯이 진정한 현대 정신을 가진 이들은 현대화 될 필요가 없음을 명
심해야 한다. 현대화란 유럽인들의 옷이나, 그들의 아이들이 교육을
받기 위해 들어가는 끔찍한 구조물이나, 그들이 평생 갇혀 있는 곧은
평면 벽과 나란히 들어선 창문들이 달린 정사각형 집에 있지 않다. 또
한 그들의 여인들이 쓰고 다니는 전혀 어울리지 않는 보닛 모자에 있
지도 않다. 이들은 현대적인 것이 아니라 단지 유럽식일 뿐이다. 진정
한 현대화란 취향의 굴종이 아니라 마음의 자유이다. 또한 유럽의 선
생들 밑에서 감독을 받는 것이 아니라 생각과 행동의 독립을 의미한
다. 현대화란 과학이지만 삶에 잘못 적용해서는 안 된다. 그렇게 되면
과학을 미신으로 격하시켜서 온갖 불가능한 목적들을 위해서 어리석
은 도움을 호소하는 우리의 과학 선생들을 단순히 흉내 내게 되는 것
이다.

단순한 과학을 기반으로 하는 삶은 스포츠적인 특성들을 가지고 있
기 때문에 어떤 사람들에게 매력적이다. 그러나 심각함을 가장하고 있
을 뿐 심오하지 않다. 사냥을 나갈 때는 동정심이 적을수록 좋다. 왜냐
하면 당신의 목적은 사냥감을 쫓아가 죽여서 당신이 더 위대한 동물이

며 당신의 파괴 방법이 철저하고 과학적이라고 느끼는 것이기 때문이
다. 그러므로 과학적 삶은 피상적인 삶이다. 기술과 철저함으로 성공
을 추구하지만 인간의 고차원의 본성을 고려하지 않는다. 그러나 인간
이 단지 사냥꾼일 뿐이며 천국이 사냥을 즐기는 사람들의 것이라는 생
각으로 삶을 사는 천박한 자들은 언젠가 노획한 뼈와 두개골들 사이에
서 불쾌하게 깨어날 것이다.

일본이 자위를 위한 현대식 무기를 획득하는데 관심을 끊으라고 제
안하고 싶은 생각은 없다. 그러나 자기 보존 본능의 수준 이상이 되어
서는 안 된다. 진정한 힘이 무기 그 자체에 있는 것이 아니라 무기를
사용하는 사람에게 있음을 일본은 깨달아야 한다. 또한 권력을 갈망하
는 자가 영혼을 희생하면서 무기들을 증가시킨다면 적들보다 바로 자
신이 더 큰 위험에 처하게 된다는 사실도 깨달아야 한다.

살아 있는 것들은 쉽게 상처 받으므로 보호를 필요로 한다. 자연에
서 생명은 자신만의 재료로 만든 방어막 속에서 스스로를 보호한다.
그러한 방어막은 생명의 성장과 조화를 이루므로 때가 되면 쉽게 사라
져 잊혀 진다. 살아 있는 인간은 자신의 생명과 매우 중요한 연관을
가지며 자신과 함께 성장하는 정신적 이상들로부터 진정한 보호를 찾
는다. 그러나 불행하게도 그의 갑옷과 투구는 살아 있지 않다. 어떤 것
은 강철로 만들어져 생기가 없고 기계적이다. 따라서 그것을 사용할
때는 인간이 스스로를 폭정으로부터 지키기 위해 노력해야 한다.

인간이 나약하여 점점 작아져서 스스로의 보호막에 갇히게 된다면,

그것은 영혼의 축소로 인하여 점차 자살에 이르는 과정이 되고 만다. 따라서 일본은 존재의 도덕률에 확고한 신념을 가져야 한다. 그래야만 이 서양 국가들이 권력을 유지하고 다른 사람들을 복종시키기 위하여 거대한 조직의 무게로 인류를 질식시키는 자살의 길을 걷고 있다고 주장할 수 있을 것이다.

일본에게 위험한 것은 서양의 외부적 특징들을 모방하는 것이 아니라 서구의 너셔널리즘을 자신의 동력으로 받아들이는 것이다. 일본의 사회적 이상들이 이미 정치의 손에서 패배할 기미를 보이고 있다. 일본의 현대 역사의 입구에 큼지막하게 "적자생존"이라고 쓰인 과학에서 따온 좌우명을 보았다. 그 좌우명의 의미는 "다른 사람에게 미치는 피해에 대해서 신경 쓰지 말고 마음대로 하라"이다. 앞을 볼 수 없기 때문에 오로지 만질 수 있는 것만을 믿는 장님의 좌우명과도 같다. 그러나 앞을 볼 수 있는 사람들은 인간들이 너무나 밀접하게 연관되어 있으므로 다른 사람들을 때리면 자신도 당한다는 것을 알고 있다. 인간의 가장 위대한 발견인 도덕률에 따르면 타인들을 통해서 자아를 실현하면 할수록 인간이 더 진실해진다고 한다. 이러한 훌륭한 진실은 주관적인 가치를 담고 있을 뿐만 아니라 우리 삶의 모든 분야에서 드러난다. 그러므로 도덕적 무지를 애국심의 우상 숭배로 열심히 발전시키고 있는 국가들은 갑작스럽고 격렬하게 죽음으로써 존재를 마감하게 될 것이다. 과거에도 우리는 외국의 침략을 당했지만 인간의 영혼에 깊이 영향을 끼치지는 못했다. 침략은 단지 개인적 야심의 결과일

뿐이었다. 그러한 모험의 천박하고 가증스러운 책임감으로부터 자유로운 자들이 그것으로부터 파생된 영웅적이고 인간적인 규율이라는 이점을 취하였다. 이로 인하여 흔들림 없는 충성심, 명예로운 의무에 변함없는 헌신, 그리고 완전한 자기희생과 두려움 없이 죽음과 위험을 받아들이는 힘이 발달하게 되었다. 그러므로 사람들의 마음속에 자리 잡은 이상들이 왕들이나 장군들이 채택한 정책 때문에 심각한 변화를 겪지 않았다. 그러나 서양 내셔널리즘의 정신이 득세하고 있는 지금, 모든 사람들이 어릴 때부터 온갖 방법으로 증오와 욕심을 품는 법을 배우고 있다. 속임수나 거짓말로 역사를 조작하고, 끊임없이 다른 인종들을 잘못 설명하며 그들에 대한 나쁜 감정들을 조장한다. 또한 인류를 위해서 즉시 잊어야 할 사건들에 대한 거짓 기록을 남김으로써 지속적으로 이웃들과 다른 국가들에 사악한 위협을 가하고 있다. 이것이 바로 인류의 근원을 망치는 일이다. 또한 가장 위대하고 훌륭한 이들의 삶으로부터 탄생한 이상들을 욕보이는 것이다. 게다가 세계의 모든 국가들을 위한 하나의 보편적 종교로 거대한 이기심을 떠받들고 있다. 우리는 과학의 손길로부터 다른 건 다 받아들일 수 있어도 이러한 도덕적 죽음이라는 특효약은 받아들일 수가 없다. 다른 인종들에게 가하는 상처가 당신에게 영향을 미치지 않거나, 당신의 집 주위에 뿌리고 있는 증오의 씨들이 앞으로도 계속 방어막이 되어 줄 거라고 생각지 말라. 곪은 상처가 부어올라서 생명력을 갉아 먹히는 병을 앓고 있는 서양의 모습을 흉내 내는 것들은 바로 다음과 같다. 모든 사람들의

마음속에 우월하다는 비정상적인 허영을 불어넣는 일. 도덕적 무감각
과 부정한 이득에 자부심을 갖도록 가르치는 일. 전쟁으로부터 얻은
전리품들을 자랑하며 그것들을 학교에서 가르쳐서 아이들의 마음속에
타인에 대한 경멸을 불러일으켜 패배한 국가들의 굴욕을 영속시키는
일 등이다.

　우리의 생명을 유지하는데 필수적인 곡물은 수 세기에 걸친 선택과
보살핌의 산물이다. 그러나 우리의 삶으로 전환시킬 필요가 없는 다른
식물은 여러 세대를 걸친 많은 생각을 필요로 하지 않는다. 잡초들을
제거하기는 쉽지 않다. 그러나 무관심의 과정을 통하여 곡물을 파괴하
고 원시적인 야생의 상태로 되돌리기는 쉽다. 문화도 이와 마찬가지다.
당신의 땅에서 삶과 매우 친밀하고 인간적으로 동화된 문화는 과거에
땅을 갈고 잡초를 뽑아 주는 일이 필요했으며 지금도 여전히 열심히
돌봐줄 필요가 있다. 과학과 조직의 수단들처럼 단순히 현대적인 것은
다른 땅에 옮겨 심을 수 있다. 그러나 살아 있는 인간적인 것은 섬유
질이 매우 섬세하고 뿌리가 아주 많고 멀리 뻗어 있기 때문에 땅에서
옮겨지는 순간 죽고 만다. 이런 이유 때문에 나는 서양의 정치적인 이
상들이 당신들에게 무례하게 강요되는 것이 두렵다. 정치 문명에서 국
가는 추상적이고 인간관계는 공리적이다. 이러한 문명은 정서에 뿌리
를 두고 있지 않기 때문에 위험하리만큼 다루기가 쉽다. 반세기 동안
당신들은 이러한 기계를 충분히 숙달했다. 당신들 가운데는 국가의 탄
생과 함께 오랜 세월 동안 성장한 살아 있는 이상들보다 이러한 기계

를 더 좋아하는 사람들이 있다. 이는 마치 놀이의 흥분에 사로잡혀서 자신의 어머니보다 노는 것을 더 좋아하는 어린아이와 같은 것이다.

인간이 가장 위대할 때는 의식하지 않을 때이다. 인간관계의 유대가 핵심인 일본의 문명은 꼬치꼬치 캐묻는 자기 분석이 닿지 못하는 건강한 삶의 깊은 곳에서 살을 찌웠다. 그러나 단순한 정치적 관계는 언제나 의식적이다. 호전성이 분출하여 폭발하는 것과 같다. 이런 관계가 당신들의 관심을 강제로 끌고 있다. 그러므로 이제 불시에 공격당하지 않도록 깨어나서 당신들이 의지하며 살아가는 진실을 완전히 의식해야 할 때가 왔다. 과거가 당신들에게 신이 내린 선물이었지만 현재는 스스로 선택해야만 한다.

따라서 당신들 스스로에게 던져야 할 질문들은 다음과 같다. "우리가 세계를 잘못 이해하였으며 인간 본성을 무시하는데다가 세계와의 관계를 근거하고 있는가? 인류에 대한 보편적 불신이라는 장벽 뒤에다가 국가 복지를 건설하고 있는 서양의 본능이 옳은가?"

동양 인종이 번영할 가능성에 대해서 서양이 토론할 때마다 강렬한 두려움을 나타내는 것을 당신들은 발견했을 것이다. 그 이유는 바로 서양이 번창하고 있는 힘이 사악한 것이기 때문이다. 그러한 힘을 유지하고 있는 한 서양은 안전할지 몰라도 나머지 세계는 불안에 떨고 있다. 현재 유럽 문명의 가장 중요한 야심은 악을 배타적으로 소유하는 것이다. 유럽의 모든 군사력과 외교는 이러한 한 가지 목적에 맞추어져 있다. 그러나 사악한 정신을 불러내는 이러한 값비싼 의식은 번

영의 길을 지나 격변으로 치닫고 있다. 신의 세계에 풀어 놓은 공포의 분노가 되돌아와 스스로를 위협하자 서양은 더 큰 공포를 준비해야 한다. 이로 인해서 서양은 쉴 틈이 없으며 타인들과 스스로에게 미치는 위협들만 생각하고 있다. 이러한 악마 정치를 숭배하기 위하여 서양은 다른 나라들을 재물로 바친다. 서양은 죽은 살을 먹으면서 살을 찌우고 있다. 그러나 이것도 시체들이 신선할 때만 가능할 뿐이다. 시체들은 결국 썩어서 사방으로 오염을 퍼트리고 그것을 먹은 사람의 생명을 망가뜨리며 복수를 할 것이다.

일본은 인간다움이 넘치고 영웅주의와 아름다움이 조화를 이루며 자기절제와 풍부한 표현력을 가지고 있다. 그러나 서구 국가들은 사탄의 개들이 유럽의 개집뿐만 아니라 일본에서도 길러지고 인간의 불행을 먹고 살 수 있다는 것을 입증할 때까지 일본을 존경하지 않았다. 일본 역시 원하기만 한다면 아름다운 땅에 지옥불의 문을 열 수 있는 열쇠를 갖고 있으며, 그들처럼 약탈과 살인에 순진한 여자들을 성폭행하며 세계가 멸망할 때 악마의 춤을 출 수 있다는 것을 알게 되었을 때 일본이 자신들과 동등한 위치에 있음을 인정했다. 인간이 도덕적으로 성숙치 못했던 초기 단계에 보복이 두려워서 신을 경배했다는 사실을 우리는 알고 있다. 수 세기 동안의 문명에도 불구하고 국가들은 한밤에 먹이를 찾아 헤매는 야생 동물들처럼 서로를 두려워하고 있다. 그들은 친절의 문을 걸어 잠그고 오로지 침략이나 방어의 목적을 위해서만 협력한다. 그들은 은신처에 무역, 국가, 군사 비밀들을 숨기고 있다. 또한 서로의 개들에게 자신의 것도 아닌 고기를 던져주며 평화를 제의하고, 두 발로 일어서려고 애쓰는 쓰러진 인종들을 짓밟으며, 오른손으로는 약자들에게 종교를 전하고 왼손으로는 그들을 약탈하고 있다. 우리가 자부심을 가지고 존경할 수 있는 인간의 이상이란 게 이런 것인가? 이런 것을 우리가 부러워할 수 있을까? 전 세계에 두려움, 욕심, 의심의 씨앗들을 뿌리고, 파렴치한 외교적 거짓말과 평화와 친선과 인류의 보편적 형제애라는 사탕발림을 퍼트리고 있는 이러한 내셔널리즘의 정신에 무릎을 꿇어야 하는가? 서양의 시장으로 달려가서 우리의 유산과 외국의 물건을 교환할 때 우리의 마음이 의심에서 자유로운가? 나는 우리 자신을 아는 것이 얼마나 어려운 일인지 알고 있다. 술에 취한 사람은 술에 취했다는 사실을 강력히 부인한다. 그러나 서양도 자신의 문제들을 걱정하며 실험들을 하고 있다. 하지만 무절제한 식사를 포기할 마음이 없는 대식가처럼 서양은 약으로 소화불량의 악몽을 치료할 수 있기를 바라고 있다. 유럽은 인간의 모든 천한 열정을 수반하는 정치적 비인간성을 포기할 준비가 되어 있지 않다. 유럽은 마음의 변화가 아니라 오로지 제도의 변화만을 믿고 있다.

우리는 마음이 아니라 머리로 그들이 기계로 만든 제도들을 기꺼이 구입하고자 한다. 그것들을 시험하고 보관할 수 있는 곳을 만들겠지만 우리의 집이나 사원에 모셔 두지는 않을 것이다. 자신들이 죽인 동물들에 제사를 지내는 인종들이 있다. 배가 고플 때 그들로부터 고기는 살 수 있지만 도살과 함께 벌이는 제사를 살 수는 없다. 장사는 장사고, 전쟁은 전쟁이며, 정치는 정치라는 미신으로 우리 아이들의 마음을 타락시켜서는 안 된다. 인간의 장사가 단지 장사 그 이상이며, 전쟁과 정치도 마찬가지라는 것을 우리는 깨달아야 한다. 일본은 자신만의 산업을 가지고 있다. 품위와 힘이 있고 눈에 잘 보이지 않는 세부적인 것에까지 공을 들인 걸 보면 얼마나 정직하고 진실하게 물건들을 만들었는지 알 수 있다. 그러나 장사가 장사일 뿐이고 정직이 단지 좋은 방편일 뿐인 다른 세계로부터 거짓의 해일이 당신의 땅을 휩쓸었다. 광고들이 거짓과 과장으로 온 도시를 뒤덮고 농부들이 정직한 노동을 하고 있는 푸른 들판은 물론이고 아침 첫 햇살을 맞이하는 언덕 꼭대기까지도 침범하고 있는 모습을 볼 때 부끄럽지 않은가? 거짓들이 무역, 정치, 애국심이라는 이름으로 자랑스럽게 활보하고 있어서 그들이 우리의 삶을 계속 침범한다고 항의해봐야 진정한 용기가 아닌 감상주의라고 여겨질 뿐이다. 그러므로 끊임없는 괴롭힘으로 우리의 명예와 섬세한 마음을 무디게 만드는 것은 너무나 쉽다.

죽음의 순간에도 약속을 지키고 야비한 이익을 위해서 사람들을 속이는 것을 떳떳치 않게 여겼으며 심지어 명예를 저버리기보다 차라리 싸움에서 패배를 택하겠다던 영웅들의 후손들이 거짓에 혈안이 되어 이익을 취하는데 부끄러워하지 않고 있다. '현대'라는 단어의 매혹 때문에 이러한 일이 벌어지고 있다. 그러나 순수한 실리가 현대적이라면 아름다움은 오래전부터 있어왔다. 심술궂은 이기심이 현대적이라면 인간의 이상들은 전혀 새로운 발명품이 아니다. 수단과 기계를 위하여 인간을 불구로 만드는 효율성이 아무리 현대적이라고 해도 결코 오래 살지 못할 것임을 우리는 분명히 깨달아야 한다.

그러나 유럽의 오만한 요구들로부터 마음을 자유롭게 하고 위험한 집착에서 벗어나려고 하다가 우리는 극단적으로 서양을 불신하는 속박에 스스로 묶이게 될지도 모른다. 이러한 환멸적인 반응은 처음에 느꼈던 착각의 충격과 마찬가지로 비현실적이다. 위험을 분명히 인식하고 위험의 원인을 정당하게 피할 수 있는 정상적인 마음 상태에 도달하도록 노력해야 한다. 같은 돈으로 유럽에게 진 빚을 갚고, 모욕은 모욕으로 악은 악으로 되갚고 싶은 유혹은 당연하다. 그러나 이것 역시 유럽이 사람들을 노랗거나 빨갛고, 갈색이거나 시커멓다고 묘사할 때 드러내는 가장 나쁜 행동 중에 하나를 흉내 내는 것에 지나지 않는다. 바로 이 점에서 우리 동양인들도 특정한 이념, 피부색, 또는 카스트에 속한 사람들을 경멸하고 야만적으로 대하여 인류를 모욕했으므로, 비록 유럽보다 크지는 않다고 할지라도 스스로 죄를 저질렀음을 인정해야 한다. 스스로의 나약함이 두려워서 힘의 모습에 굴복한 우리는 대신 서양의 영광에 맹목적인 또 다른 나약함을 취하고 말았다. 진실로 위대하고 훌륭한 유럽을 알게 된다면 우리는 비열하고 탐욕스러운 유럽으로부터 우리 자신을 구할 수 있을 것이다. 인간이 불행에 직면했을 때 불공정한 판단을 내리기 쉽다. 마음이 고통 받을 때 이론들을 만들면서 생기는 것이 바로 염세주의이다. 가장 큰 패배를 당했을 때 힘을 주고 심각한 파괴로부터 새 생명을 불러오는 진실에 대한 신념을 잃었을 때만이 비로소 우리는 인류에게 절망할 수 있다. 남자들과 여자들, 아이들을 짓밟고 기계적인 필요성에 의해서 정신적이고 인간적인 법들을 무시하는 거대한 조직들에 눈에 띄지 않게 저항하는 살아 있는 영혼이 서양에 존재한다는 사실을 우리는 인정해야 한다. 그러한 감수성을 지닌 영혼은 자연스러운 공감이 부족한 인종들을 상대할 때 위험천만한 경솔한 습관들에 의해서 무감각해지기를 거부한다. 서양의 힘이 단순히 야만적이고 기계적이었다면 지금처럼 탁월한 수준에 결코 이르지 못했을 것이다. 서양의 마음속 신성함은 자신의 손으로 세계에 가한 상처들로 고통 받고 있다. 이러한 고귀한 본성의 고통으로부터 상처를 치료해 줄 숨겨진 진통제가 흘러나온다. 유럽은 계속해서 자신과 싸우며 자기 손으로 힘없는 손발에 묶었던 사슬들을 풀었다. 비록 든을 얻기 위해서 칼을 앞세워 위대한 나라의 목구멍에 독약을 밀어 넣었지만, 유럽은 스스로 깨어나 그 일을 그만두고 깨끗이 손을 씻었다. 이는 죽고 메말라 보이는 곳에도 인간성의 숨은 샘물이 있음을 보여주는 것이다. 또한 잔인하고 비겁한 이력을 견뎌낸 유럽의 본성 깊은 곳에 있는 진실은 탐욕이 아니라 사심 없는 이상들에 대한 존경임을 입증하는 것이기도 하다. 유럽이 단순히 힘을 과시하여 현대 동양의 마음을 사로잡았다고 말하는 것은 유럽뿐만 아니라 우리 자신들에게도 전적으로 부당하다. 대포 연기와 시장의 먼지 속에서도 유럽의 도덕적 본성은 환하게 빛났다. 우리에게 도덕적 자유의 이상을 가져다주었으며 그 밑바탕은 사회적 관습보다 깊으며 행동반경은 세계적이다.

비록 혐오감이 있었지만 동양은 본능적으로 유럽으로부터 물질적인 힘뿐만 아니라 인간의 마음과 도덕적 본성인 내면에 관해서도 배울 것이 많다고 느꼈다. 유럽은 가족과 씨족보다 높은 공익적 의무를 가르쳐주었다. 또한 사회가 개인의 변덕으로부터 자유롭고 발전의 연속성을 확보하며 모든 계층의 사람들에게 정의를 보장하는 신성한 법도 가르쳐주었다. 그 무엇보다도 유럽은 수 세기에 걸친 순교와 업적을 통하여 이룩한 자유의 깃발을 우리들 앞에 높이 들고 있다. 그것은 바로 양심의 자유, 생각과 행동의 자유, 예술과 문학의 이상에 대한 자유이다. 유럽은 우리의 깊은 존경을 얻었지만 유럽이 몹시 약하고 거짓된 부분은 우리에게 매우 위험하다. 그것은 마치 최고로 훌륭한 음식을 독약과 함께 대접하는 것과 같다. 우리가 의지할 수 있는 한 가지 희망이라고 한다면, 바로 유럽의 유혹과 폭력적인 침략에 대한 저항에 유럽을 동맹으로 삼을 수 있다는 것이다. 왜냐하면 유럽이 자신만의 완벽에 대한 기준을 갖고 있기 때문이다. 그러한 기준으로 우리는 유럽의 타락과 실패의 정도를 측정할 수 있으며, 유럽을 자신의 법정 앞에 세워서 진실로 고귀한 자부심의 징표인 부끄러움을 느끼도록 만들 수 있다.

그러나 독약이 훌륭한 음식보다 강력해서 오늘날 유럽의 힘이 건강의 표시가 아니라 그와 정반대일 수 있다는 점이 우리는 두렵다. 그러한 힘은 삶의 균형을 뒤엎어서 일시적으로 생겨난 것이기 때문이다.

악이 거대한 힘을 지닐 때 운명적인 매력을 가지고 있음을 우리는 두려워한다. 비록 악이 비정상적인 불균형으로 결국 중심을 잃을 것이 확실하지만, 악이 멸망하기 전에 야기하는 해악은 되돌리기 어려울지 모른다.

따라서 야망의 바퀴들로 움직이며 효율성이라는 강철 나사못들로 고정된 현대적 진보라는 흉측한 구조물이 오랫동안 지속되지 못할 것이라고 확신하는 총명함과 강한 신념을 당신들이 갖기를 바란다. 조직된 선로들을 따라서 움직여야 하기 때문에 충돌이 불가피하다. 너무 무거워서 자신의 길을 자유롭게 선택할 수 없으므로 한번 선로를 벗어나면 끝없이 탈선하고 만다. 기차가 멸망의 더미로 떨어져 세계의 교통에 심각한 장애를 일으킬 날이 오고 말 것이다. 지금 그러한 징후들이 보이지 않은가? 전쟁의 굉음, 증오의 울부짖음, 절망의 통곡, 그리고 오랜 세월 동안 내셔널리즘의 밑바닥에 축적된 추잡한 쓰레기의 들끓음을 통해서 그 소리가 들리지 않는가? 하늘에 대한 반란의 깃발을 치켜들고 애국심이라는 이름으로 위장한 국가적 이기심의 탑이 자기 무게에 비틀거리다가 와르르 무너져서 깃발이 땅에 떨어지고 불빛은 소멸할 것이라고 우리 영혼에게 외치는 소리가 들리지 않는가? 형제들이여, 대화재의 붉은 빛이 별들을 큰소리로 비웃더라도 파괴의 불이 아니라 별들에 대한 신념을 갖도록 하라. 왜냐하면 불이 다 타고 소멸하여 재가 되면 영원한 빛이 다시 한 번 인류 역사의 아침 태양이 맨 처음 떠오른 이곳 동양에서 빛날 것이기 때문이다. 그러한 날이 아시아의 가장 동쪽 수평선에 이미 밝았으며 태양이 떠올랐음을 누가 부인할 수 있겠는가? 나의 선조 현자들처럼 전 세계를 다시 밝혀줄 동양의 해돋이에 고개를 숙이는 바이다.

내 목소리가 미약하여 바쁜 시대의 소란 때문에 잘 들리지 않을 것임을 알고 있다. 또한 부랑아조차도 내게 '비현실적'이라는 모멸적인 말을 내뱉기 쉽다는 것도 알고 있다. 이러한 모멸은 내 옷 뒷자락에 들러붙어 씻기지 않을 것이며 훌륭한 사람들이 사실상 나를 고려의 대상으로 보지 않을 것이다. 왕좌들이 위엄을 잃고 예언자들이 시대착오적이며 시장의 소음이 모든 목소리를 집어삼키는 이 시대에, 열심히 뛰어다니는 군중들 사이에서 이상주의자로 규정되는 것이 얼마나 위험한 일인지 나는 알고 있다. 어느 날 현대적인 잡동사니들로 넘쳐나는 요코하마의 교외에서 나는 남쪽 바다의 석양이 소나무로 뒤덮인 언덕들 사이에서 평화롭고 위엄 있는 모습을 목격했다. 자신의 광휘에 압도당한 신처럼 위대한 후지산이 황금빛 수평선을 배경으로 희미하게 솟아 있었고 영원의 노래가 저녁의 침묵 속에서 울리고 있었다. 그때 나는 하늘과 땅, 그리고 새벽과 일몰의 노래가 시인과 이상주의자의 것이지 모든 감정을 경멸하는 장사꾼들의 것이 아님을 느꼈다. 그러므로 스스로의 신성함을 망각하고 있는 인간들이 결국은 하늘이 자신의 세계와 항상 맞닿아 있으며, 인간의 피 냄새를 맡으며 하늘을 향해 울부짖는 현대의 사나운 늑대들에게 자신의 세계를 영원히 빼앗길 수만은 없다는 걸 깨닫게 될 것이다.

제 2 부
서양에서의 내셔널리즘

제2부
서양에서의 내셔널리즘

인간의 역사는 그들이 부닥치는 난관에 의해서 형성된다. 그로 인하여 문제점을 발견하게 되고 해결책을 찾게 된다. 그렇지 못할 경우에는 죽음이나 퇴화라는 벌을 받게 된다.

그러한 난관은 지구상의 다른 민족에게 각기 다르며 그것을 어떻게 극복하느냐에 따라서 차이가 드러난다.

아시아 역사 초기의 스키타이 민족은 천연 자원의 부족과 싸워야 했다. 그들이 생각한 가장 손쉬운 방법은 남자, 여자, 그리고 아이들 모두를 도적간으로 조직하는 것이었다. 사회적 협력이라는 건설적인 일에 주로 돌두했던 그들도 그런 일을 거부할 수 없었다.

하지만 다행스럽게도 인간에게 가장 손쉬운 일이 가장 진실한 길이 아니다. 인간 본성이 복잡하지 않고 굶주린 늑대 무리처럼 단순하다면 지금쯤 그러한 도적 떼들이 온 지구를 정복했을 것이다. 난관에 부닥친 인간은 죽음의 함정일지도 모를 목전의 성공에 개의치 않고 스스로 사람임을 인식하고 본성의 더 높은 능력을 위해 책임감을 가져야 한다. 하등 동물에게 난관이 고등 생명체인 인간에게 기회이기 때문이다.

역사가 시작된 이래로 인도가 겪은 문제는 바로 인종의 문제이다. 다른 인종의 사람들이 이 나라와 긴밀한 접촉을 가져왔다. 지금까지 우리 역사에서 이는 매우 중요한 사실로 자리 잡고 있다. 우리가 할 일은 이 점을 직시하고 가장 진실하게 이 문제를 다루어 인류애를 증명하는 것이다. 그러한 임무를 완수할 때까지 우리는 다른 모든 은혜를 누릴 수 없을 것이다.

지구상에는 물리적 환경의 장애들이나 힘센 이웃들의 위협을 극복해야 하는 민족들이 있다. 힘을 조직하여 자연과 이웃들의 폭정으로부터 정당하게 벗어나게 되면 다른 이들에게 사용할 여분의 힘을 손에 쥐게 된다. 그러나 인도의 난관은 내부적인 것으로 우리 역사는 방어와 공격을 조직하는 힘의 역사가 아니라 지속적인 사회적 적응의 역사이다.

특색 없는 모호한 세계주의나 민족 숭배라는 맹렬한 자아도취는 인류 역사의 목표가 아니다. 인도는 차이를 사회적으로 규제하는 한편 통합의 정신적 인식을 통하여 맡은 임무를 이행하고자 했다. 그러나 인종 간의 경계 벽을 너무 엄격하게 만드는 중대한 실수를 범했고 그러한 분류 때문에 열등한 결과를 영구화시키고 말았다. 이로 인하여 우리 아이들의 마음이 불구가 되었고 그들의 삶이 사회적 틀에 맞춰져야 했으므로 편협해졌다. 그러나 수 세기 동안 새로운 실험들이 행해졌고 적응이 이루어졌다.

인도의 임무는 습관과 요구가 서로 다른 수많은 손님들을 적절히 대접해야 하는 안주인의 역할과도 같았다. 이는 단순히 솜씨가 좋아야 할뿐만 아니라 인류 통합을 공감하고 진정으로 실현할 수 있는 매우 복잡한 해결책을 요구하는 일이다. 이를 실현하기 위해서 초기 우파니샤드 시대부터 현재에 이르기까지 위대한 스승들은 신에 대한 우리의 인식이 충만하도록 만들어서 인류의 차이가 쓸모없도록 만들겠다는 목표를 가지고 줄곧 노력했다. 사실 우리의 역사는 정치적 패권을 위해서 싸우는 왕국의 흥망성쇠를 다루고 있지 않다. 우리나라에서 그런 시대의 기록은 대중의 진정한 역사를 대변하고 있지 않으므로 무시되고 잊혀 진다. 우리 역사는 우리의 사회적 삶과 정신적 이상의 성취를 기록한 역사이다.

그러나 우리의 임무가 아직 이뤄지지 않았음을 우리는 알고 있다. 세계적 조류가 우리나라를 휩쓸고 새로운 요소들이 도입되었으므로 보다 더 큰 적응이 이루어지기를 기다리고 있는 중이다.

그러한 필요성을 더욱 절실히 느끼는 이유는 서양의 가르침과 본보기가 우리나라가 이뤄야할 것과 완전히 배치되기 때문이다. 상업과 정치라는 서구의 국가 조직은 유용하고 높은 시장 가치를 지닌 예쁘게 포장된 많은 사람들을 옷감처럼 생산하고 있다. 그들은 과학적 관심과 정확성에 따라서 분류되고 구별되어져 쇠테에 묶여져 있다. 신은 분명히 사람을 인간이 되라고 만들었건만 이러한 현대적 산물은 거대한 제품의 분위기를 풍기는 놀라운 마름질 처리가 돼 있어서 신조차도 자신의 신성한 모습으로 창조해낸 정신적인 생명체로 알아보기 힘들 것이다.

하지만 나는 다음과 같이 꼭 말하고 싶다. 여기 적어도 5,000년 동안 평화롭게 살며 깊이 생각해온 인도가 있음을 명심하라고. 정치와 국가와는 무관하게 이 세계를 영적으로 이해하고 영원한 인간적 관계를 기쁘게 인식하며 매 순간 삶을 부드럽게 예찬하면서 살고자 하는 인도. 이러한 오래된 지혜를 지닌 멀리 떨어져 있는 순진한 사람들에게 서구 민족이 들이닥쳤다.

초기 역사의 모든 싸움, 음모, 속임수에도 인도는 초연함을 유지했다. 왜냐하면 우리는 집, 들판, 사원, 학생들과 선생님들이 순박함과 헌신 그리고 배움의 분위기 속에서 함께 살았던 학교, 또한 간단한 법으로 평화로운 통치가 이뤄지던 마을 자치를 갖고 있었기 때문이다. 권좌는 인도의 관심사가 아니었다. 권력은 찬란한 자줏빛을 띠다가도 천둥이 칠 듯이 새카매지는 구름처럼 머리 위를 지나갈 뿐이다. 그러한 소란이 지나간 자리는 자주 황폐해졌지만 마치 자연 재해처럼 그 흔적들이 곧 사라지고 만다.

그러나 이번에는 달랐다. 단순히 인도의 삶의 표면을 떠도는 것이 아니었다. 기병대와 보병, 장식 마의를 입힌 코끼리들, 흰색 텐트와 달집, 왕족의 짐을 실은 침착한 낙타 무리들, 북과 피리를 연주하는 악대, 거품이 넘치는 술 모양의 대리석 둥근 지붕을 지닌 이슬람 사원, 궁전, 무덤, 그리고 배신과 헌신, 운명의 부침과 극적인 반전에 관한 이야기들이 떠돈 것이 아니었다. 이번에는 서구의 민족이 기계의 촉수들을 땅에 깊숙이 뿌리내렸다.

따라서 나는 다음과 같이 말하고 싶다. 지금 우리는 인류에게 국가가 어떤 의미를 지니는지 증언할 증인으로 불려나왔다고 할 수 있다. 인도를 침략했던 무굴인들과 파탄족들을 우리는 그들만의 종교와 풍습, 호불호를 지닌 인종으로 이해했었다. 우리는 그들을 결코 국가로 이해한 적이 없다. 때에 따라서 우리는 그들을 사랑하기도 했고 증오하기도 했다. 그들을 위해서 싸우기도 했고 그들에 맞서 싸우기도 했다. 우리 언어로 뿐만 아니라 그들의 언어로도 함께 이야기했으며 우리의 적극적인 활동이 제국의 운명을 좌우하기도 했다. 그런데 이번에는 우리 스스로가 국가가 아님에도 불구하고 왕이나 인종이 아닌 국가를 상대해야 한다.

그렇다면 으리의 경험을 통해서 도대체 이 국가가 무엇인지에 관한 질문에 답해보도록 하자.

한 민족의 정치, 경제적 통합이라는 점에서 볼 때 국가란 전 국민이 기계적인 목적을 위해서 조직될 때 갖게 되는 양상이다. 그러한 사회는 숨겨진 목적이 없다. 그 자체가 바로 목적이다. 그것은 인간이 사회적 존재라는 자발적인 자기표현이다. 사람들이 서로 협력해서 삶의 이상들을 발전시킬 수 있도록 인간관계를 규제하는 것을 당연시 한다.

정치적인 측면이 있지만 이는 특별한 목적을 위한 것이다. 바로 자기 보존을 위해서다. 이는 인간적인 이상을 위한 것이 아니라 권력을 위한 것이다. 초기에는 권력이 전문가들에게만 국한됐으므로 사회에 별도의 공간이 마련돼 있었다. 그러나 과학의 도움과 조직이 완성됨에 따라서 힘이 증가하기 시작하여 부를 거둬들이게 되었고 그 결과 놀라운 속도로 경계를 넘게 되었다. 이로 인해서 이웃 사회들이 자극을 받게 되어 물질적 풍요라는 탐욕과 그에 따른 상호 질투가 생기고 상대방이 힘이 세질 것을 두려워하게 되었다. 경쟁이 점점 더 격해지고 조직이 점점 더 방대해지면서 이기심이 패권을 쥐게 되어서 더 이상 멈출 수 없는 때가 오고 말았다. 인간의 욕심과 두려움을 이용하여 권력이 사회에서 점점 더 많은 공간을 차지하게 되었고 마침내 사회의 지배 세력이 되고 말았다.

습관 때문에 우리는 사회의 활기찬 결속이 무너져 단지 기계적인 조직에 자리를 내주고 있다는 의식을 하지 못할지도 모른다. 그러나 그러한 조짐들은 사방에서 찾아볼 수 있다. 남자가 직업에 매달려서 자신과 타인들을 위해 부를 생산하고 스스로나 만연한 관료주의를 위하여 끊임없이 권력의 수레바퀴를 돌리게 됨에 따라 여자는 시들어 죽거나 혼자서 전투를 치러야 한다. 이로 인해서 자연스러운 유대가 끊어지고 남녀 간에 전쟁이 선포되는 것이다. 또한 협력이 당연한 곳에 경쟁이 침범하게 되었다. 상호 관계에 대한 남자와 여자의 심리 자체가 양보에 바탕을 둔 결합을 통해 온전함을 추구하는 인간적 심리가 아니라 원시적인 투쟁의 요소를 담고 있는 심리로 바뀌고 있다. 현실의 살아 있는 결속을 잃어버린 사람들은 존재의 의미를 상실하게 된다. 매우 좁은 공간에 억지로 담긴 기체 분자들처럼 서로 계속 싸우다가 마침내 결합된 유대 관계를 파괴하고 만다.

그렇다면 어떤 형태의 힘이라도 개인에게 강요되는 것을 분노하며 스스로를 무정부주의자라고 부르는 사람들을 살펴보자. 이는 힘이 너무 추상화되었기 때문에 벌어지는 일이다. 개인적인 인간이 해체되고 국가라고 하는 정치적 실험실에서 만들어지는 과학적 산물이 권력이기 때문이다.

황무지의 가시 관목처럼 벨 때마다 더 힘차게 자라는 경제적 세계의 공격은 뭘 의미하는가? 부의 생산 체제가 사회의 요구와 조화를 이루지 못하고 끊임없이 거대하게 성장함에 따라 그 무게에 인간의 충만한 현실이 짓밟히고 있지 않은가? 이러한 상태는 필연적으로 인간적 이상의 온전함과 건전함에서 동떨어진 요소들 간에 끝없는 싸움을 유발하게 되며 그 결과 자본과 노동 간에 끊임없는 경제적 전쟁이 벌어지게 된다. 부와 권력에 대한 욕심은 끝이 없으며 사리사욕으로 인한 타협은 조화라고 하는 궁극적 정신을 결코 성취할 수 없다. 이들이 불러일으키는 질투와 의심은 끝이 없으며 결국은 갑작스런 파국이나 정신적인 부활이 찾아오게 된다.

국가라는 이름의 정치와 상업 조직은 높은 수준의 사회적 삶의 조화를 희생시킬 만큼 너무 강력해서 인류에게 해악이다. 아버지가 노름

꾼이 되어 가족에 대한 의무가 뒷전이면 그는 더 이상 인간이 아니라 욕심의 힘에 이끌리는 기계와 다름없다. 그렇게 되면 정상적인 마음으로는 차마 부끄러워서 하지 못할 짓을 저지르게 된다. 사회도 이와 마찬가지다. 완벽한 권력 조직으로 탈바꿈하게 되면 저지르지 못할 범죄가 없게 된다. 인간의 궁극적인 목적이 선함인 반면에 체제의 목적이자 정당화는 성공이기 때문이다. 이러한 조직의 엔진의 크기가 거대해지면 수리공들은 기계의 부품으로 전락하고 만다. 그러면 개인의 실체가 사라지게 되므로 모든 일은 기계의 일부인 사람이 아무런 동정심도 도덕적 책임감도 없이 실행하는 정책이라는 회전 운동에 지나지 않게 된다. 이러한 기구를 통해서 인간의 도덕적 본성이 그 모습을 드러낼 수도 있다. 그러나 일련의 밧줄과 도르래가 삐걱거리고 울부짖음으로 인해서 인간의 마음의 힘이 기계의 힘에 말려들게 되므로 도덕적 목적은 매우 힘들고 고통스러운 형태의 결과를 얻을 수밖에 없다.

이러한 추상적인 존재인 국가가 인도를 다스리고 있다. 어떤 브랜드의 통조림 음식이 사람의 손을 전혀 거치지 않고 만들어져서 포장된다고 광고하는 것을 우리나라에서 볼 수 있다. 인간의 손이 가능한 닿지 않도록 통치하는 인도에 대해서도 이러한 설명을 적용할 수 있다. 통치자들은 우리의 언어를 알 필요가 없으며 관료로서가 아니면 우리와 개인적으로 접촉할 필요가 없다. 그들은 경멸하는 듯한 거리를 두고서 우리의 열망을 돕거나 방해한다. 우리를 어떤 정책적 방향으로 이끌다가도 관료적 형식주의를 활용해 우리를 좌절시키기도 한다. 영국 신문

들의 칼럼은 예의 바르게 런던 거리의 사고들을 연민을 자아내며 기록
하지만 영국보다 큰 인도의 땅에서 벌어지는 참사에 대해서는 거의 신
경 쓰지 않는다.

그러나 통치를 받고 있는 우리들은 단순한 추상적 개념이 아니다.
우리는 활기찬 감수성을 지닌 개인들이다. 단순하게 냉혹한 정책의 모
습으로 우리에게 다가오는 것은 우리 삶의 심장을 찌르고 거세라는 영
원한 무력감으로 우리의 미래를 위협할지도 모른다. 또한 인간의 심금
을 울리지도 못하고 설령 그렇다 하더라도 매우 불충분하고 약하게 울
릴 것이다. 그러한 무시무시한 책임감이 따르는 무차별적이고 광범위
한 행동은 조직에 속하지 않은 개인으로서의 인간은 결코 실행할 수가
없다. 꿈틀거리는 팔을 사방으로 뻗쳐 수많은 빨판을 먼 미래까지 보
내는 간교한 문어 같은 역할을 하는 인간이 존재하는 곳에서만 이러한
일들은 가능하다. 그러한 국가에서 통치 당하는 사람들은 거대한 조직
적 두뇌와 완력이 부리는 의심에 시달리게 된다. 그들이 내리는 벌은
넓은 인간의 마음에 피를 흘리게 만들고 불행을 남긴다. 단순히 추상
적인 힘에 의해서 가해지는 이러한 벌 때문에 먼 나라의 모든 사람들
이 인간적인 개성을 잃고 만다.

그러나 여기서 나는 우리나라만이 아닌 온 인류의 미래에 영향을
끼치는 문제를 논하고자 한다. 이는 영국 정부의 문제가 아니라 국가
에 의한 정부의 문제이다. 이러한 국가에서는 온 국민의 조직된 사리
사욕 때문에 인간적이며 정신적인 것을 찾아보기가 매우 힘들다. 국가

에 대한 우리의 가장 깊은 경험은 영국 국가와이다. 국가에 의한 정부에 관해서라면 영국이 최고라고 할 만한 이유들이 있다. 여기서 우리는 다시 한 번 서양이 동양에 필요하다는 사실을 고려할 필요가 있다. 우리에게 진실의 다른 양상들을 제공해주는 삶에 대한 다른 견해들 때문에 서로를 보충해주는 관계라고 할 수 있다. 따라서 서양의 정신이 우리의 들판에 폭풍우의 모습으로 찾아왔다고 할지라도 영원한 생명의 씨를 뿌리고 있다고 해도 틀린 말은 아니다. 서양 문명의 영구불변의 것을 인도에서 우리 삶에 동화시킬 수만 있다면 두 위대한 세계의 조화를 이룰 수 있을 것이다. 그렇게 되면 짜증나는 일방적인 지배를 종식시킬 수 있을 것이다. 더욱이 우리는 인도의 역사가 특정한 인종에 속하는 것이 아니라 다양한 세계 인종이 기여한 창조의 과정임을 깨달아야 한다. 드라비다인들, 아리아인들, 고대 그리스인들과 페르시아인들, 그리고 서양과 중앙아시아의 이슬람교도들이 바로 그들이다. 이제 마침내 영국인들이 우리 역사에 진실하게 그들의 기여를 할 차례이다. 영국인들이 인도의 운명을 건설하지 못하도록 배제할 권리도 힘도 우리에게는 없다. 따라서 내가 하고자 하는 말은 국가가 인도의 역사에 특정된 것이 아니라 인류 역사에 더 큰 관련이 있다는 것이다.

완전한 인간, 즉 도덕적 인간이 거의 인식하지도 못한 채 제한된 목적을 가진 정치적이고 경제적인 인간에게 점점 더 자리를 내주는 역사 단계에 이르렀다. 과학의 놀라운 발전에 도움을 받은 이러한 과정은 거대한 규모와 힘을 지니게 돼서 인간의 도덕적 균형을 무너뜨리고 인간적인 모습을 영혼 없는 조직의 그늘 아래에 가리고 만다. 우리 삶의 뿌리까지 철통같은 지배가 조여 오고 있음을 느낄 수 있다. 이러한 내셔널리즘이 현대의 인류 세계에 밀어닥친 도덕적 생명력을 갉아먹는 잔혹하고 사악한 전염병임을 인류를 위해서 우리가 일어나 모두에게 경고해야 한다.

나는 영국 민족을 같은 인간으로서 깊이 사랑하고 매우 존경한다. 고결한 사람들, 위대한 사상가들, 위대한 업적을 이룬 사람들이 영국에서 탄생했다. 위대한 문학도 영국에서 나왔다. 영국인들이 정의와 자유를 사랑하며 거짓말을 싫어한다는 것을 나는 알고 있다. 그들은 깨끗한 마음과 정직한 태도 그리고 진실한 우정을 갖고 있다. 그들은 행동이 정직하고 믿음직하다. 영국의 문인들과 겪은 개인적인 경험 때문에 나는 그들의 사상과 표현의 힘뿐만 아니라 그들의 기사도적인 인간성에 대해서 감탄해 마지않는다. 영국인들의 위대함은 우리가 태양을 느끼는 것과 같다. 그러나 국가라는 문제는 우리로부터 태양을 가리는 숨 막힐 듯한 짙은 안개와도 같다.

국가에 의한 정부는 영국이나 다른 어떤 것의 소유도 아니다. 그것은 응용된 과학이어서 어디에서 사용되던지 원칙들이 대개 비슷하다. 그것의 비인간적인 압력은 매우 능률적인 수압 인쇄기와 같다. 그 힘의 크기는 엔진에 따라서 천차만별일지도 모른다. 어떤 것은 손으로도 작동할 수 있으므로 긴장감에도 불구하고 약간은 느슨한 편안함이 존재하기도 한다. 그러나 성격과 방법에 있어서 차이점은 크지 않다. 네

덜란드, 프랑스, 또는 포르투갈 정부가 우리를 다스린다고 하더라도 본질적인 특징은 지금과 다르지 않을 것이다. 어쩌면 그들 조직은 지나치게 완벽하지 않아서 인간적인 파편이 난파선의 잔해에 들러붙어 있었을지도 모른다. 그랬더라면 우리는 고동치는 심장과 비슷한 것을 다루고 있을지도 모른다.

국가가 우리를 다스리기 전에 우리는 다른 외국 정부들을 겪었다. 모든 정부들처럼 이들도 기계적인 요소를 지니고 있었다. 그러나 이들과 국가에 의한 정부와의 차이는 베틀과 역직기의 차이와 같다. 베틀로 만든 제품들에는 인간의 살아 있는 손의 마술이 표현돼 있으며 그 콧노래는 삶의 음악과 조화를 이룬다. 그러나 역직기의 제품들은 생기가 없고 무자비하다 싶을 정도로 정확하며 단조롭다.

그러나 이전의 인간적인 정부에서도 폭정, 불의, 착취 같은 일이 벌어졌음을 우리는 인정해야 한다. 그로 인해서 발생한 고통과 불안으로부터 탈출하게 돼서 우리는 기쁘다. 법에 의한 보호는 우리에게 축복일 뿐만 아니라 귀중한 교훈이다. 문명의 안정과 발전의 지속에 필요한 규율을 가르쳐주기 때문이다. 우리는 그러한 법을 통해서 카스트와 피부색에 관계없이 모든 사람이 동등하게 주장할 수 있는 보편적 정의의 기준이 존재함을 깨닫게 되었다.

인종과 풍습이 서로 다른 사람들이 살고 있는 이 방대한 땅에 질서가 자리 잡히게 된 것은 현재 정부의 법치 때문이다. 그로 인해서 사람들이 서로 더 가까워지고 열정을 바탕으로 한 관계를 맺을 수 있게 되었다.

그러나 인도에서 다른 인종들 간에 우정이라는 공통적인 결속을 맺고자 하는 욕망은 서구 국가가 아니라 서양 정신의 업적이다. 서구 국가에도 불구하고 아시아 어디에서건 사람들은 서양으로부터 진정한 교훈을 얻었다. 서구 국가의 지배를 받지 않은 일본은 서구 문명의 혜택을 가장 온전하게 누렸다. 서구 국가에 의해서 도덕적, 육체적 삶의 근원이 망가진 중국은 그러한 방해를 받지 않았더라면 서양으로부터 가장 훌륭한 교훈을 얻고자한 노력이 성공을 거두었을지도 모른다. 바로 얼마 전 서양의 부름에 막 잠에서 깨어난 페르시아는 국가에 의해서 짓밟혀 침묵하고 말았다. 사람들은 친절하지만 국가는 그렇지 않아서 모국의 일원으로 서 있는 사람을 손님처럼 부끄럽게 만드는 이 나라에서도 그와 같은 현상이 벌어지고 있다.

인도에서 우리는 서구의 정신과 국가 사이의 갈등 때문에 고통 받고 있다. 국가는 우리에게 서구 문명의 혜택을 인색하게 나누어 주고 있다. 생명력이 거의 제로에 가깝도록 영양 상태를 규제하고 있다. 우리에게 할당되는 교육의 정도도 비참할 정도로 불충분해서 서양인의 체면에 충격적일 정도이다. 전 세계로 번지는 상업과 산업의 거대한 움직임에 맞춰 서양인들이 능력에 따라 격려와 훈련 그리고 모든 기회를 가지는 반면, 인도에서 우리가 얻는 유일한 지원이라고는 뒤처져 있다는 국가의 비웃음뿐이다. 우리의 기회를 박탈하고 교육은 해외 정부를 이끌 수 있을 최소한으로 줄이면서 이러한 국가는 우리를 욕하고 동양은 동양이고 서양은 서양이라서 둘은 결코 만나지 않을 것이라는 오만한 냉소주의에 공을 들이며 자신의 양심을 속이고 있다. 지배를 당한지 거의 200년이 지난 지금에도 인도가 자치를 하기에 아직도 부족하며 지적인 성취에 독창성이 없다는 통치자의 비웃음이 옳다고 치자. 그렇다면 이는 서구 문화의 특징 때문에 우리가 그것을 선천적으로 받아들일 능력이 없어서 일까? 아니면 동양을 개화시키고자 하는 백인의 짐을 짊어진 국가의 간교한 인색함 때문인가? 일본인들이 우리가 부족한 능력을 갖고 있다고 인정하더라도 그들에 비해서 우리가 선천적으로 지력이 모자라다는 것은 받아들일 수 없다. 물론 이러한 반박은 우리에게 위험이 따른다.

사실은 서양의 내셔널리즘의 기원이자 중심에 갈등과 정복의 정신이 있기 때문이다. 그것의 토대는 사회적 협력이 아니다. 정신적 이상주의가 아니라 힘의 완벽한 조직을 발전시키는 것이다. 마치 희생양을 필요로 하는 약탈적인 동물 패거리와 같다.

그들은 사냥터가 경작된 밭으로 바뀌는 것을 결코 좌시하지 않는다. 사실 이런 국가들은 더 많은 희생양과 남은 숲을 차지하고자 서로 싸우고 있다. 따라서 서양의 국가는 서구 문명이 [국가가 아닌 나래로 자유롭게 흘러가는 것을 막는 댐의 역할을 하고 있다. 이러한 문명은 힘의 문명이므로 배타적이다. 따라서 착취를 하기 위해서 선택한 사람들에게 힘의 원천을 공개하지 않는 것이 당연하다.

그러나 인간의 법은 결국 도덕적 법이다. 그러므로 은혜를 입지 못하는 타자들을 이용해서 번창하는 배타적인 문명은 자신의 도덕적 한계 때문에 스스로에게 사형 선고를 내린 것이나 다름없다. 무의식적으로 야기한 그런 노예 상태 때문에 자유에 대한 사랑이 고갈되고 마는 것이다. 그러한 상태를 만들어 내는 권력은 희생양들의 세계를 짓누르고 있는 무기력함에 의하여 매번 스스로 짓눌리게 된다. 따라서 국가에 의해서 자립할 생명을 박탈당한 많은 세계가 언젠가는 끔찍한 큰 짐이 되어 국가를 파괴의 밑바닥까지 함께 끌고 내려가게 될 것이다. 권력이 자신의 출세를 위해서 앞에 놓인 모든 장애물들을 제거할 때마다 사실은 죽음의 몰락으로 의기양양하게 돌진하고 있을 따름이다. 자신도 모르게 매일 도덕적 브레이크가 서서히 느슨해져서 편안하지만 미끄러운 길이 바로 죽음의 길이 되고 마는 것이다.

서양 문명 가운데서 서구의 국가가 우리에게 가장 관대하게 제공한 것이 바로 법과 질서이다. 우리 교육의 작은 젖병이 거의 말라 있고 위생은 절망 속에 엄지손가락을 빨고 있는 반면에 군대 조직, 행정 관청, 경찰, 범죄수사본부, 비밀 스파이 제도 등은 비정상적인 허리 치수로 자라서 우리나라의 구석구석을 차지하고 있다. 이는 질서를 유지하기 위함이다. 그러나 이러한 질서가 단순히 부정적인 선일뿐인가? 그로 인해서 사람들의 삶이 발전할 수 있는 더 많은 자유의 기회가 생기는 것 아닌가? 완벽한 질서는 달걀 껍질과 같은 것이다. 달걀 껍질의 진정한 가치는 아침 밥상에 앉은 사람에게 주는 편리함이 아니라 병아리에게 주는 안전과 영양분에 있다. 단순한 질서는 비생산적이고 창의적이 못하며 살아 있는 것이 아니다. 무게와 힘만 무시무시한 증기 롤러 같아서 쓸모는 있을지 몰라도 땅을 비옥하게 만드는데 도움을 주지는 못한다. 엄청난 노력 끝에 평화라는 혜택을 주겠지만 우리는 낮은 목소리로 다음과 같이 속삭일 것이다. "평화가 좋기는 하지만 신이 주신 위대한 축복인 생명보다 낫지는 않다."

다른 한편으로 우리의 이전 정부들은 현대 정부가 가진 많은 장점들이 끔찍하게 부족했다. 그러나 그들은 국가에 의한 정부가 아니었기 때문에 조직이 엉성하게 짜여 있어서 우리는 그 큰 틈을 통해서 스스로 삶의 실을 내고 디자인을 만들 수 있었다. 물론 당시에 우리는 매우 불쾌한 일을 겪었다. 맨발로 자갈밭을 걸을 때 우리의 발은 점점 불편한 땅의 변덕에 적응하게 된다. 그러나 신발 속에 아주 작은 자갈이라도 들어오게 되면 우리는 그러한 침범을 결코 잊거나 용서할 수 없다. 그러한 신발이 바로 국가에 의한 정부이다. 꽉 조이고 닫혀 있어서 우리의 발걸음을 통제하며 그 속에서 우리의 발은 적응할 수 있는 최소한의 자유만을 갖게 된다. 따라서 이전에 우리의 발이 밟아야 했던 자갈의 숫자와 현재 체제의 소량을 비교하는 통계를 내는 것은 논점을 제대로 파악하지 못하는 것이다. 외부 장애물의 숫자의 문제가 아니라 그것을 다룰 수 없게 된 개인의 무기력함에 주목해야 한다. 이러한 자유의 축소는 수량 때문이 아니라 그것이 지니는 특성 때문에 극단적인 해악이 된다. 서양의 정신이 자유라고 하는 기치 아래서 전진하고 있는 반면, 서양의 국가는 인류 역사상 주조된 것 가운데 가장 가혹하고 튼튼한 강철 사슬로 엮어진 조직을 만들어 냈다. 우리는 이러한 역설을 받아들여만 한다.

인도인들이 조직된 정부 하에 있지 않았을 때는 힘과 용기가 있던 사람들이 자신의 손에 운명이 달려 있다고 생각할 정도로 변화의 융통성이 충분했다. 예상치 못한 희망이 늘 존재했으며 지배자와 피지배자 모두가 자유로운 상상력을 통해서 역사 만들기에 영향을 끼쳤다. 그때는 우리의 힘을 표현하고 넓히는 일을 항상 경계하는 죽은 화강암 덩어리의 흰색 벽에 우리의 미래가 갇혀 있지 않았다. 지금은 이러한 힘이 마비 상태라고 하는 과학적 과정에 의해서 뿌리까지 위축되고 있으므로 절망스럽다. 국가가 아닌 나라의 모든 개인이 이제는 국가에 의해서 완전히 지배당하고 있다. 국가의 지칠 줄 모르는 기계와 같은 경계는 너그럽게 봐주거나 분별할 수 있는 인간적인 힘을 갖고 있지 않다. 버튼을 살짝만 눌러도 괴물 같은 조직이 온 눈을 부릅뜨기 때문에 수많은 피지배자들 가운데 어느 누구도 꼬치꼬치 캐묻는 듯한 볼썽사나운 눈초리를 피할 수가 없다. 몇 분의 1인치만 나사를 돌려도 방대한 인구의 모든 남자, 여자 그리고 어린아이의 주위로 숨이 막힐 정도로 통제가 가해지기 때문에 어느 누구도 자신의 나라에서 혹은 다른 나라로의 탈출을 꿈꿀 수 없다.

이러한 비인간적인 죽음의 힘이 살아 있는 인간에게 끊임없이 가하는 엄청난 압력 때문에 현대 세계는 신음하고 있다. 단순히 지배를 받는 인종들뿐만 아니라 자유롭다는 망상을 갖고 살고 있는 당신들도 매일 자유와 인간성을 내셔널리즘이라는 맹목적인 숭배의 대상에 희생하고 있다. 그리하여 전 세계적인 의심과 탐욕 그리고 공포로 자욱한 유독한 분위기 속에서 모두 살고 있는 것이다.

나는 일본에서 온 국민들이 자발적으로 정부가 마음을 제약하고 자유를 제한하도록 맡기는 것을 목격했다. 다양한 교육 기관들을 통해서 일본 정부는 생각을 통제하고 감정을 만들어 낸다. 혹시라도 정신적인 것으로 기우는 흔적이 발견되면 정부는 경계하였고, 진실로 향하는 길이 아니라 어떤 법에 따라서 통일된 집단으로 국민들을 완전히 결합시키는데 필요한 좁은 길로 인도하고 있었다. 일본인들은 모든 세계의 다른 기계들에 필적하기 위해서 기꺼이 자랑스럽게 국가라고 하는 힘의 기계로 바뀌고 싶어서 안달하며 널리 퍼진 정신적인 노예 상태를 받아들이고 있다.

이러한 방향이 지닌 지혜에 관해서 묻자 최근에 내셔널리즘 광신자로 개종한 사람이 다음과 같이 대답했다. "이 세계에 국가들이 만연하고 있으므로 우리는 고차원의 인간성을 자유롭게 발전시킬 선택권이 없습니다. 우리 스스로 그러한 제도를 최대한 받아들여서 우리가 가진 모든 능력을 활용하여 악에 저항해야 합니다. 현대 세계에서 가능한 유일한 형제애는 폭력의 형제애뿐이니까요." 최근 일본에서 엄청나게 기뻐하며 축하했던 러시아와의 형제 관계는 기독교나 불교 정신이 갑자기 도진 것이 아니라 유혈 참사라는 확실한 상호 위협적 관계에 대한 현대적 믿음에 따라서 맺어진 결속일 뿐이다. 이것이 바로 국가에 의한 세계의 현실이며 그로 인한 교훈은 이 땅의 모든 사람들이 힘에 의한 싸움 경기에서 상대방을 이기기 위하여 육체적, 도덕적, 지적 자원들을 최대한 쏟아 부어야 한다는 것이다. 그렇다, 우리는 이 점을 인정하지 않을 수 없다. 그러나 고대에 스파르타가 강해지기 위해서 모든 노력을 기울였지만 결국 인간성을 훼손시키고 나서야 강해질 수 있었고 그로 인해서 불구가 되어 사망했음을 잊지 말아야 할 것이다.

당대에 겪고 있는 인간성의 약화가 지배를 받는 인종들에만 국한된 것이 아니라 스스로 자유롭다고 믿도록 최면에 걸린 사람들에게도 그 피해가 비밀리에 진행되고 자발적으로 번지고 있기 때문에 문제가 더욱 심각하다. 따라서 우리는 방심해서는 안 된다. 이익과 권력을 위해서 삶의 고차원적인 열망을 팔아 버린 것은 당신들의 자유로운 선택이었다. 따라서 나는 당신들이 휘황찬란한 번영을 생각하며 영혼이 파괴된 채 있도록 그냥 내버려둘 것이다. 그러나 권력과 재산의 확대를 위해서 모든 사람들의 본능을 완벽하게 조직하여 그것을 선이라고 부르는 일에 당신들이 결코 책임지지 않을 거라고 생각하는가? 국가가 송곳니를 세상의 벌거벗은 살에 깊숙이 박고서 자연스러운 휴식에 끊임없이 경계를 취하는 이러한 끔찍한 재앙이 인류 역사상 가장 어두웠던 시절에도 존재했는지 나는 묻고 싶다.

이런 비정상적인 상황을 만들어낸 서양의 사람들이여, 당신들은 조직적인 인간에 의한 끔찍한 추상적 결과물에 갇혀서 고통 받고 있는 인간의 고뇌하는 세계의 황폐한 절망이 상상이라도 되는가? 인간성을 끊임없이 박탈당하고 끝없이 신을 흉내 내는 기계 장치의 은혜를 소리 높여서 찬양해야 하므로 영원히 인간성이 파멸될 운명에 처해진 사람들의 입장에 대해서 생각해 봤는가?

국가가 생겨난 이후로 전 세계가 도깨비처럼 두려운 그 존재에 벌벌 떨고 있는 모습이 보이지 않는가? 어두운 귀퉁이마다 숨겨진 악의에 대한 의심이 존재하므로 사람들은 눈이 달리지 않은 등을 보고서도 영원히 불신하며 살고 있다. 이웃에서 발자국 소리나 바스락거리는 소리만 들려도 사방에 공포의 전율이 감돈다. 이러한 공포는 인간 본성에 존재하는 천한 것의 근원이다. 사람들로 하여금 잔인함에 대해서 공개적으로 거의 부끄러워하지 않도록 만든다. 또한 간교한 거짓말이 자축 거리가 되고 진지한 약속이 엄숙함 때문에 오히려 우스운 코미디가 되고 만다. 권력과 번영이라는 치장을 한 국가는 깃발을 휘날리고 위선적인 찬가를 부르며 교회에서는 불경한 기도문을 외우고 문학적인 가짜 열변으로 애국심을 떠들어 댄다. 그럼에도 불구하고 국가는 자신이 바로 국가의 가장 큰 악이며 모든 경계를 취해야 할 대상이 바로 자신이며 이 세상에 태어나는 새로운 생명에 대해서 항상 마음속에 새로운 위협이 나타났다고 두려워하고 있다는 사실을 숨길 수가 없다. 국가의 유일한 바람은 나머지 세계의 약점을 이용하는 것이다. 이는 맛있고 영양가 있도록 만들기 위해서 살려둔 희생양들의 마비된 살을 먹고 자라는 벌레들 같은 짓이다. 국가는 독이든 분비액을 국가가 아니어서 아직 해롭지 않은 살아 있는 사람들의 장기들에 기꺼이 주입하고자 한다. 이를 위해서 국가는 과거는 물론이고 현재에도 아시아에 가장 풍성한 방목장을 갖추고 있다. 고대의 지혜와 사회 윤리가 풍부한 위대한 중국은 국가의 심장부에 전리품의 탐욕을 일깨우는 고래와도 같다. 중국은 이미 과학과 이기심의 산물인 국가가 정확하게 쏜 작살들을 맞고서 몸을 떨고 있다. 인간애와 사회적 이상의 전통을 버리고 마지막 겨우 남은 자원을 현대적 효율성을 연습하는데 사용코자 하는 중국의 가련한 노력은 국가에 의해서 매번 좌절되고 있다. 당신 국가는 중국에 돈줄을 조이며 해변으로 끌고 가 토막 낸 후 신에게 현존하는 악을 지지하고 새로운 악이 출현할 가능성을 박살내준 것에 공개적으로 감사하고 있다. 이 모든 것에 대해서 국가는 역사에 감사하며 영원히 착취하고자 한다. 그리하여 세계 이쪽 끝에서부터 저쪽 끝까지 찬미의 연주가 울리도록 만들고 스스로를 땅의 소금이자 인류의 꽃이라고 칭하며 신의 축복이 아직도 국가가 아닌 세계의 벌거벗은 머리에 힘차게 퍼부어지기를 바란다.

당신의 충고가 무엇인지 나는 알고 있다. 스스로 국가를 만들어서 당신 국가의 침범으로부터 저항하라고 말할 것이다. 그러나 이것이 사람이 다른 사람에게 할 진정한 충고인가? 이런 충고가 왜 필요한가? 인간관계에서 더 선하고 더 정당하며 더 진실할 것과 욕심을 통제하고 소박함을 통해서 인생을 건전하게 만들며 인간에 대한 신성함을 더 완벽하게 표현하라고 당신이 말했더라면 나는 그 말을 믿을지도 모른다. 차라리 우리에게 최고의 가치를 지니는 것이 영혼이 아니라 기계이며 인간의 구원은 수레바퀴 양쪽의 죽은 리듬을 완벽하게 맞추는 훈련에 달려있다고 말하는 게 낫지 않을까? 또한 기계가 다른 기계와 경쟁하고 국가가 다른 국가와 경쟁하면서 끊임없는 정치 투우를 벌이는 것이라고 말하는 게 낫지 않을까?

당신은 이러한 기계들이 두려움에 대한 공모를 바탕으로 서로를 보호하기 위해서 의견 일치를 볼 것이라고 주장한다. 그러나 이러한 증기 기관들의 연합이 양심과 신이 존재하는 영혼을 당신에게 가져다줄까? 당신이 두려움에 구속당하지 않는 더 큰 세계에서는 어떤 일이 벌어질 것인가? 국가가 아닌 나라들이 단조와 망치질과 나사돌리개의 난폭한 방종으로부터 지금 누리고 있는 안전은 권력에 대한 상호 질투 덕분이다. 그러나 수많은 별개의 기계들이 아니라 상업과 정치의 탐욕으로 조직된 하나의 집단으로 만들어 진다면, 지금껏 살면서 고통 받았고 사랑하고 찬미하면서 깊은 사색과 함께 온순하게 일만한 사람들에게 무슨 희망이 남게 되는 걸까? 그들이 지은 죄라곤 조직되지 않았다는 것밖에 없지 않는가?

하지만 당신은 이렇게 말할 것이다. "그런 건 중요치 않다. 부적응자들은 실패하기 마련이다. 그들은 죽을 수밖에 없다. 이것이 과학이다."

아니, 당신을 구원하기 위해서 그들은 꼭 살 것이며 이것이 진실이라고 나는 말하고 싶다. 그렇게 말하는 것은 매우 큰 용기가 필요한 일이지만 나는 인간 세상이 도덕적 세상이라고 주장하고 싶다. 이는 우리가 맹목적으로 믿고 싶어서가 아니라 무시하기에는 위험한 진실이기 때문이다. 이러한 인간의 도덕적 본성은 보존하기 편리하도록 칸막이에 나눠서 담을 수 있는 것이 아니다. 집에서만 소비하기 위해서 보호 관세 장벽으로 지킬 수 있는 것도 아니며 자유 무역으로 멋대로 외국에서 실컷 사용할 수 있는 것도 아니다.

이러한 잔인한 전쟁이 유럽의 장기들을 발톱으로 할퀴고 있는데도 당신은 아직 진실을 깨닫지 못하겠는가? 유럽의 부의 축적이 폭발해 연기로 사라지고 유럽의 인간성이 전쟁터에서 산산조각 나고 있는데도 모르겠는가? 도대체 무슨 짓을 했기에 이런 일을 당하는지 당신은 놀라서 물을지도 모른다. 그에 대한 대답은 바로 서양이 효율성이라는 거대한 결과물을 위한 튼튼한 기초를 쌓기 위해서 조직적으로 자신의 도덕적 본성을 돌처럼 굳히고 있기 때문이다. 서양은 줄곧 개인의 인간적인 삶을 박탈해서 전문가로 만들려고 한다.

중세 시대에 유럽의 순박하고 자연스러웠던 인간은 강력한 열정과 욕망으로 육체와 정신의 갈등을 조화시킬 수 있는 방법을 찾고자 매진했다. 원기 왕성했던 거친 젊은 시절에 속세와 정신적인 힘 모두 유럽의 본성에 강하게 작용하여 완벽한 도덕적 인간성을 갖추도록 만들었다. 유럽은 자신의 위대한 인간성을 그때 당시의 수양의 덕으로 돌려야 한다. 사람이 인간적인 본래의 모습을 갖추도록 만드는 훈련 덕분이었다.

그 후에 과학과 지성의 시대가 찾아왔다. 지성이 비인간적임을 우리

모두 알고 있다. 생명과 심장은 우리와 하나이지만 이성은 인간적인 사람과 분리되어 사고의 세계에서 자유롭게 돌아다닐 수 있다. 지성은 아무런 옷도 입지 않고 음식도 먹지 않으며 잠도 자지 않고 소망도 없으며 인간의 한계에 대한 사랑과 증오나 동정도 하지 않는 금욕주의자와 같다. 그리하여 아무런 감정도 없이 삶의 흥망을 추론할 수 있다. 또한 사물 그 자체에 대해 인간적인 걱정을 하지 않기 때문에 사물의 뿌리까지 파고들어갈 수 있다. 문법 학자는 시로 곧장 걸어 들어가서 아무런 방해도 받지 않고 말의 뿌리까지 파고 들어갈 수 있다. 왜냐하면 그는 현실을 추구하는 것이 아니라 법을 쫓고 있기 때문이다. 그가 법칙을 발견하게 되면 사람들에게 말을 지배하는 방법을 가르쳐 줄 수 있게 된다. 이것이 바로 인간의 특수한 욕구이자 특별한 쓰임을 충족시키는 힘이다.

현실이란 사물의 구성 요소들에 전체의 균형을 제공하는 조화를 가리킨다. 그것을 파괴하면 산산이 부서져서 방황하는 가루들이 당신의 손에서 서로 싸우게 된다. 그렇게 되면 아무런 의미도 없게 된다. 힘을 탐하는 자들은 이러한 원시적인 싸움 요소들을 정복해서 인간의 특수한 욕구를 위하여 협소한 방법을 통해서 억지로 난폭하게라도 사용코자 한다.

이러한 인간 욕구의 충족은 위대한 것이다. 그러한 만족은 물질세계에서 인간에게 자유를 준다. 또한 시간과 공간의 더 큰 범위라는 혜택도 준다. 더 빨리 일할 수 있고 더 큰 공간을 차지한다는 더할 나위

없는 이점이 있다. 그리하여 더 느린 시간과 완전히 차지 않은 공간의 세계에서 살고 있는 사람들을 쉽게 앞지를 수 있게 된다.

이러한 힘의 발전이 점점 더 속력을 얻고 있다. 분리된 부분적 인간이 곧 온전한 인간을 초월하고 만다. 비인간적이어서 추상적인 사물의 법칙뿐만 아니라 모든 현실도 다루어야 하는 도덕적 인간은 뒤처지고 만다.

따라서 도덕적 힘보다 이성적, 물질적 힘이 훨씬 더 큰 사람은 다른 사람들보다 머리가 수 마일이나 이상하게 더 긴 기린처럼 정상적인 소통을 하기가 힘들다. 이러한 탐욕스러운 머리는 거대한 이빨 조직을 갖추고 있어서 세상 꼭대기의 무성한 잎들을 우적우적 집어삼키고 있다. 그러나 소화 기관으로 영양분이 닿는 속도가 너무 느려서 그의 심장은 혈액 부족으로 고통 받게 된다. 인간 본성의 이러한 현재의 부조화에 대해서 서양은 전혀 의식하지 못하고 있다. 모든 관심이 엄청난 물질적 성공을 자축하는데 맞춰져 있다. 그러한 논리의 낙관주의가 철도의 길이를 끝없이 늘이는 것이 행운이라고 계산하는 근거가 된다. 모든 내일이 단지 오늘과 같으며 24시간이 반복해서 더해지는 것뿐이라고 생각하는 건 천박하다. 불어나는 곳간과 배고픈 인간성의 공허함 간에 매일 벌어지는 간격을 전혀 두려워하지 않기 때문에 벌어지는 일이다. 끊임없는 부와 편안함의 지층의 가장 낮은 곳에서 도덕적 세상의 균형을 회복하기 위하여 지진이 꿈틀거리고 있으며, 언젠가는 정신적인 공허함으로 깊이 갈라진 그 큰 틈 속으로 그들이 무한히 사랑하고 있는 물질 더미들이 먼지처럼 빨려 들어갈 거란 것을 논리는 전혀 모르고 있다.

인간의 온전함은 힘이 세다는 것이 아니라 완벽하다는데 있다. 따라서 인간을 단순히 힘으로 전환시키고자 한다면 당신은 그의 영혼도 축소시키고 만다. 우리가 온전한 인간일 때 서로의 목을 향해 덤벼들 수 없을 것이다. 이는 사회적 삶에 대한 우리의 본능과 도덕적 이상의 전통 때문이다. 당신이 나로 하여금 인간을 도살하도록 만들고자 한다면 나의 의지를 죽이고 생각을 마비시키고 움직임을 기계적으로 만드는 규율을 통하여 나의 인간성을 모두 파괴해야만 가능할 것이다. 그렇게 되면 복잡한 인간적인 사람은 해체되고 인간의 진실과 아무 관련이 없어서 쉽게 잔인해지고 기계적이 되고 마는 파괴적인 추상적인 힘이 탄생하게 된다. 인간으로부터 자연 환경, 그리고 미와 사랑과 사회적 의무들 같은 모든 살아 있는 관계가 있는 온전한 공동체적 삶을 앗아간다면 당신은 인간을 거대한 부를 생산하기 위한 기계의 부품으로 전락시킬 것이다. 나무를 통나무로 만들면 당신을 위해서 불에 타겠지만 결코 살아 있는 꽃이나 과일을 맺지는 못할 것이다.

이런 비인간화 과정이 상업과 정치에서 계속되고 있다. 그리하여 기계적인 에너지의 긴 산고로부터 국가라고 명명한 엄청난 힘과 놀라운 식욕을 지닌 완전히 발달된 체제가 서양에서 탄생하게 된 것이다. 앞서 내가 암시한 대로 이러한 결과물의 추상적 특성 때문에 서양의 국가는 완전한 도덕적 인간을 매우 쉽게 멀리 앞서 가고 있다. 유령의 양심과 기계의 냉정한 완벽함을 갖추고 있기 때문에 국가는 젊은 달의 폭발적인 에너지는 부끄러워서 비교도 되지 않을 정도의 재난들을 야기하고 있다. 따라서 인간이 다른 인간을 의심하는 일이 쐐기풀처럼 이러한 문명의 사지를 온통 찌르고 있다. 모든 나라가 지금 다른 나라의 더러운 엉덩이에 첩보망을 뻗쳐서 외교의 질척질척한 깊은 곳에서 만들어지고 있는 위험한 비밀을 캐내려고 하고 있다. 그들의 비밀 활동이란 국가가 지하에서 납치와 살인과 배신, 그리고 썩은 밑바닥에서 자라는 온갖 더러운 범죄들을 저지르는 것이 아니면 무엇인가? 모든 국가가 도둑질, 거짓말, 지키지 않은 약속의 역사를 갖고 있으므로 국제적인 의심과 질투가 번창할 수밖에 없다. 따라서 국제적인 도덕적 염치가 우스꽝스러울 정도로 부족하다. 국가의 정당한 분노를 담은 백파이프 연주는 시간과 외교 동맹의 변화에 따라서 너무 자주 그 노래를 달리하므로 정치적 음악당에서 벌어지는 다양한 쇼처럼 즐거움을 선사한다.

나는 막 일본을 방문하고 돌아왔다. 그 젊은 국가에게 인류의 높은 이상들을 지킬 것과 결코 서양을 쫓아 이기적으로 내셔널리즘을 조직하여 종교처럼 받들지 말라고 충고했다. 또한 이웃 나라들의 나약함에 기뻐하지 말 것과 벌을 받지 않는다고 해서 약자들에게 지독하게 비열하고 부도덕한 행동을 해서는 안 된다고 했다. 대신에 때릴 힘을 가진 이들에게 존경의 키스를 전하는 의미로 웃는 낯으로 오른쪽 뺨을 내주라고 했다. 몇몇 신문들은 내 말의 시적인 우수성을 칭찬하면서도 슬

쩍 패배자들의 시와 같다고 했다. 나는 그 말이 옳다고 생각한다. 일본은 현대식 학교에서 어떻게 강해지는 지를 배웠다. 학교 교육이 끝나고 이제는 수업의 과실을 즐기고 있을 것이다. 일본의 문 앞에서 서양은 천둥 같은 대포 소리로 국가를 만들어야 한다, 큰 국가를 만들어야 한다고 외쳤다. 이제 그러한 국가가 존재하게 됐으니 마음속 깊이 정말 기쁜 감정으로 어찌 좋다고 하지 않을 수 있겠는가? 일본이 자신의 문명의 우수성을 자랑하는 것에 대해서 영국 신문이 독설을 내뱉은 것을 읽은 적이 있다. 다른 국가들과 함께 영국이 전혀 얼굴을 붉히지 않고 오랫동안 스스로 해오던 일인데 새삼스럽게 왜 그랬을까? 이기주의의 이상주의 때문에 계속 자축의 약에 취해서 그럴 것이다. 자신의 삶에서 너무나 자연스럽고 해롭지 않아 보이는 사악함을 다른 나라들에서 찾게 되면 불쾌함에 놀라고 분노하게 된다. 따라서 당신 자신의 모습으로 탄생한 일본 국가가 국가적인 허풍을 성공적으로 떨고 있는 걸 보게 되면 당신은 고개를 가로저으며 좋지 않다고 말하는 것이다. 이것이 바로 더 큰 상처를 입힐 수 있는 힘을 지닌 또 하나의 사악한 권력을 맞을 준비를 하라고 부르짖는 이유가 아니던가? 일본은 무사도 정신이 있기 때문에 은혜를 입고 있는 미국을 절대 배신하지 않을 거라고 항변한다. 그러나 당신은 일본을 믿지 않는다. 왜냐하면 국가의 지혜가 인간에 대한 믿음이 아니라 완벽한 불신에 근거하고 있기 때문이다. 당신은 스스로에게 다음과 같이 말한다. 무사도 정신을 가진 일본, 도덕적 이상을 지닌 일본을 상대해야 하는 것이 아니라 대중의 이기심의 추상적 결과물인 국가를 상대해야 한다고. 국가는 오로지 이익이 들어맞거나 최소한 갈등을 일으키지 않는 경우에만 다른 국가를 신뢰할 수 있다고. 사실 다른 사람들이 국가의 무대로 등장하는 것은 인간에게 가장 고귀한 모든 것을 부정하는 악이 추가됨을 의미한다. 또한 그들의 성공은 부도덕함이 번영으로 이르는 길이며 선함은 약한 자들을 위해서만 좋은 것이고 신은 패배자들의 마지막 남은 위안임을 입증하는 것이라고 당신은 본능적으로 알고 있다.

그렇다. 이것이 바로 국가의 논리이다. 국가는 결코 진실과 선함의 목소리에 귀 기울이지 않는다. 그리하여 도덕적 타락의 뺑뺑이 춤을 계속 추고 철에 철을 연결하며 기계에 기계를 더하여 인간의 살아 있는 이상들과 순박한 믿음의 감미로운 꽃들을 발아래 짓밟는다.

그러나 우리는 현대의 인간들이 그 어느 때보다 전진하고 있다고 착각하고 있다. 이러한 망상의 이유는 보다 더 풍족하게 생활필수품들을 제공받고 육체적인 질병을 보다 효과적으로 치료할 수 있기 때문이다. 이러한 일은 대부분 도덕적 희생이 아니라 지적인 힘으로 이루어진다. 엄청난 물량이 외면에서 생겨나 번지고 있다. 지식과 효율성은 외면적인 효과가 강력하지만 인간 그 자체가 아니라 인간의 하인일 뿐이다. 그들의 봉사는 정성은 들였지만 주인이 빠진 호텔 서비스와 같다. 친절하다기보다 편리하다고 해야 할 것이다.

따라서 우리는 사방으로 방대하게 뻗어 나가고 있는 과학적인 조직들이 인간성이 아니라 힘을 강화시키고 있음을 잊지 말아야 한다. 힘의 성장과 함께 국가의 자기 숭배도 커지고 있다. 개인은 기꺼이 당나귀처럼 국가가 자기 등에 올라타도록 허락하고 있다. 그리하여 개인이 모든 희생을 감수하며 도덕적으로 자신보다 훨씬 열등한 신을 숭배하게 되는 비정상적인 끔찍한 일이 발생하고 만다. 그러한 신이 인간처럼 현실적이라면 이런 일은 결코 발생하지 않을 것이다.

적절한 예를 하나 들어보자. 인도의 어떤 지방에서는 과부가 2주마다 특정한 날에 음식과 물을 먹지 않고 지내는 것을 위대한 신앙 행위라고 정해놓고 있다. 이는 자주 무의미하고 비인간적인 학대로 이어진다. 사람들의 천성이 그렇게 잔인하지는 않지만 비현실적인 추상적 행위일 뿐인 신앙적 행동이 개인의 도덕적 의식을 마비시키고 만 것이다. 불필요하게 동물에게 상처를 입히지 않으려는 사람이 추상적인 '스포츠'라는 개념으로 자신의 감정을 마비시켜서 많은 순진한 생명체들에게 끔찍한 고통을 안겨 주는 것과 같다. 이러한 관념들은 우리 이성의 창조물이며 논리적인 분류법이기 때문에 그 사이에 인간적인 개인을 쉽게 숨기고 마는 것이다.

국가라는 개념은 인간이 발명해낸 가장 강력한 마취제이다. 이러한 독기의 영향력 때문에 모든 국민들이 도덕적 타락을 전혀 인식하지 못한 채 가장 나쁜 계획적인 이기주의를 실행할 수 있게 된다. 사실 이러한 문제점을 지적당하면 험악하게 화를 낸다.

하지만 이런 일이 무한히 계속될 수 있을까? 우리의 살아 있는 드넓은 자연에 도덕적 무감각이라는 불임을 끊임없이 생산할 수 있을까?

영원히 인과응보를 피할 수 있을까? 자신의 끔찍한 힘과 속력 때문에 스스로를 완전히 파괴시킬지도 모르는 기계 조직의 거대한 힘은 이 세계에서 아무런 제약도 없는 것일까? 악과 경쟁함으로써만이 악을 영원히 통제할 수 있다고 당신은 믿는가? 또한 신중함을 기울임으로써 상호 합의라는 임시변통의 우리에다가 악마를 가두어 둘 수 있다고 믿는가?

이러한 유럽 국가들의 전쟁은 인과응보의 전쟁이다. 심장이 있어야 할 곳에 사물이 쌓이고 살아 있는 인간관계가 흘러야 할 곳에 제도와 정책이 축적되는 것에 대해서 인간이라면 자신의 생명을 지키기 위해서 항의해야 한다. 능욕을 당한 온 세계를 위하여 이제 유럽이 국가라고 불리는 것의 끔찍한 어리석음에 대해서 몸소 확실히 알아야 할 때가 왔다.

국가는 사지가 절단된 인간 덕분에 오랫동안 잘 자랐다. 신의 가장 아름다운 창조물인 인간이 국가라는 공장에서 전쟁을 일으키고 돈을 버는 꼭두각시로 대량 생산되고 있다. 그럼에도 불구하고 인간은 기계의 가엾은 완벽함을 바보 같이 자랑하고 있다. 이런 점에서 인간 사회가 정치인, 군인, 제조업자, 관료의 실을 놀랄 만큼 효율적으로 끌어당기는 꼭두각시 쇼로 점점 더 변해가고 있다.

그러나 아무리 이기주의를 신격화한다고 해도 증오와 탐욕, 공포와 위선, 의심과 폭정을 끝없이 번식시키는 일을 목적 그 자체로 만들 수는 없다. 이러한 괴물들은 거대한 형태로 자라지만 결코 조화를 이루지 못한다. 이러한 국가는 살아 있는 몸이 아니라 강철, 증기, 사무실 건물로 이루어진 상상할 수 없을 만큼 비대한 모습으로 자라서 결국 기형적인 모습이 더 이상 추악한 큰 몸집을 지탱하지 못하게 된다. 그리하여 쪼개지고 갈라져서 숨을 헐떡거릴 때 가스와 불을 내뿜고 대포소리 같이 으르렁거리며 죽기 직전의 가래 끓는 소리를 내게 된다. 이러한 전쟁에서 국가는 이미 숨이 끊어지기 직전의 몸부림을 치기 시작했다. 갑자기 모든 기계가 미쳐서 복수의 여신들의 춤을 추기 시작하고 자신의 사지를 부숴 가루로 산산조각 내고 있다. 이것이 바로 비현실적인 비극의 제5막이다.

인간에 대한 믿음을 가지고 있는 사람들은 국가의 폭정이 이전의 이빨과 발톱, 멀리까지 미치는 쇠처럼 강한 두 팔, 심장은 없고 위만 존재하는 엄청난 내부의 구멍을 되찾지 않기를 열렬히 바라고 있다. 또한 인간이 새로 태어나서 주위를 둘러싼 추상적인 모호함으로부터 자유로운 개성을 지니기를 바라고 있다.

이제 베일이 걷히고 서양은 이 무시무시한 전쟁에서 자신이 한때 영혼을 바친 스스로의 창조물과 얼굴을 맞대고 서 있다. 서양은 그것이 진정 무엇인지 알아야 한다.

지금껏 서양은 천천히 몰래 부패해서 썩고 있는 자신의 도덕적 본성에 관해서 생각해보지 않았다. 그러나 회의주의를 통해서 도덕적 본성이 모습을 드러내기도 했으며 서양이 방대한 세계에 가하고 있는 사지 절단과 모욕을 의식하지 못할 때도 위험하리만큼 미묘한 방식으로 자주 그 모습을 드러냈다. 이제 서양은 자신의 가까이에 있는 진실이 무엇인지 알아야 한다.

그렇게 된다면 후손들 중에서 이기주의에 근거한 타락한 형제애인 망상의 예속으로부터 자유롭게 벗어나는 이들이 나오게 될 것이다. 그들은 영혼을 상품으로 만들고 생명을 구획으로 나누어서 강철 같은 발톱으로 세계의 심장을 할퀴어 꺼내놓고도 무슨 짓을 하고 있는지 모르는 기계의 노예가 아니라 신의 아이들임을 주장할 수 있을 것이다.

국가가 아닌 세계에 살고 있는 우리들은 흙에 머리를 숙이고 있지만 이 흙이 권력의 자만심을 키워주는 벽돌보다 신성하다는 것을 알고 있다. 왜냐하면 이 흙은 생명과 미와 존경으로 풍요롭기 때문이다. 우리는 좌절의 밤을 침묵하면서 오만하고 힘센 자의 짐이라는 모욕을 견뎌야 한다. 그리하여 우리의 마음이 의심과 두려움으로 떨고 있지만 그럼에도 불구하고 결코 기계가 인간에게 구원을 가져다줄 것이라고 맹목적으로 믿지 않으며 신에 대한 믿음과 인간 영혼의 진실을 굳게 마음에 새겨야 한다. 그러니 어찌 신에게 감사하지 않을 수 있겠는가? 권력이 왕좌를 차지하고 있는 것이 부끄러워서 사랑에 자리를 내줄 준비가 되고, 인간이 되는 큰길 계단에 국가가 뿌려놓은 피를 깨끗이 씻어낼 아침이 마침내 도래하면 우리는 존경의 성수가 담긴 잔을 꺼내 그 물을 뿌려서 인간의 역사를 맑게 정화시키고 수 세기 동안 짓밟힌 흙을 비옥하게 만들 수 있을 것이다.

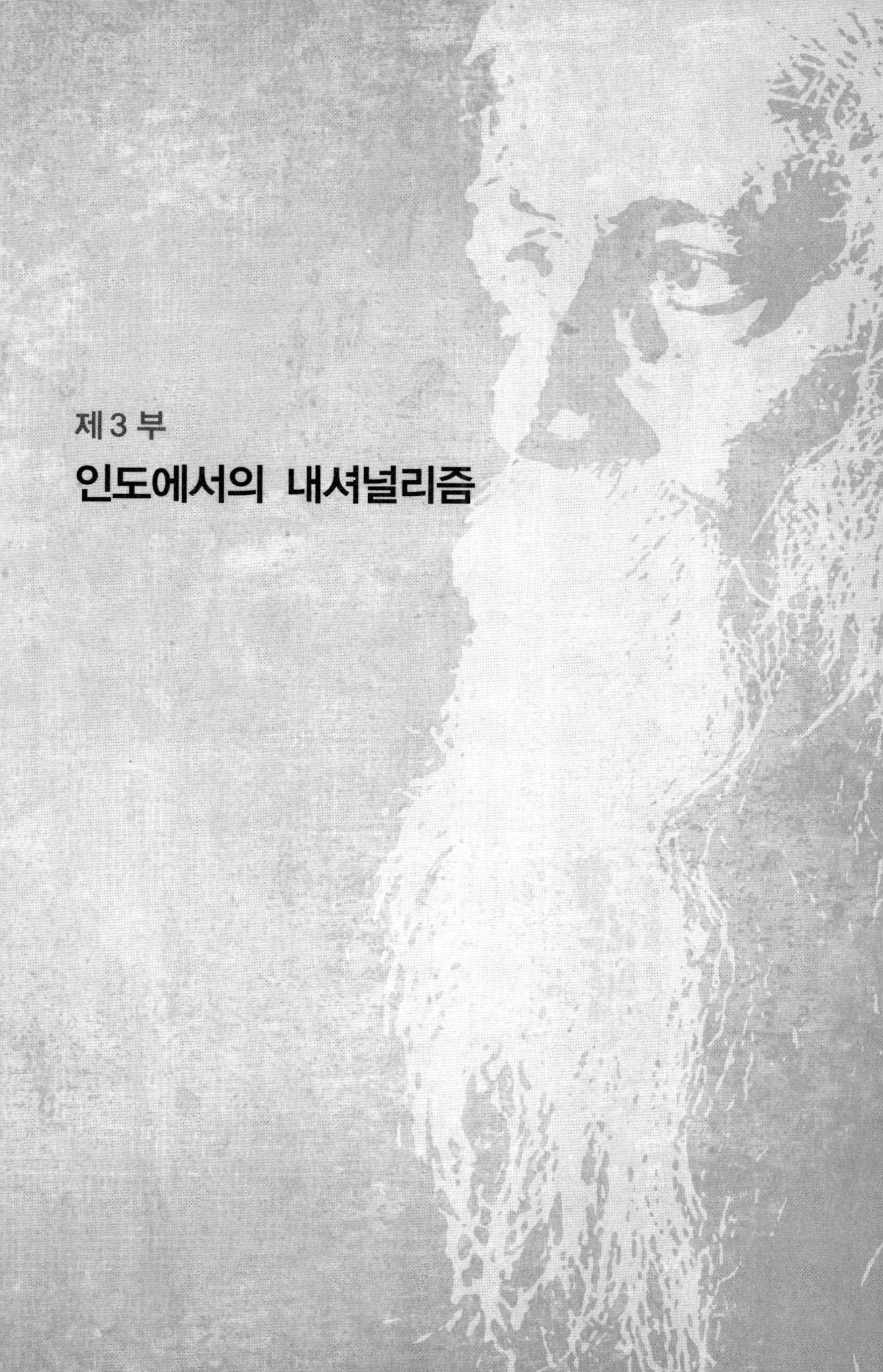

제 3 부
인도에서의 내셔널리즘

인도에서 우리의 진짜 문제는 정치적이 아니라 사회적이다. 이는 인도뿐만 아니라 전 세계에 널리 퍼지고 있는 현상이다. 그것이 단지 정치적인 이해 때문이라고 나는 생각지 않는다. 서양에서는 정치가 서구의 이상들을 장악하고 있고 인도에서 우리는 당신들을 모방하고자 노력하고 있다. 처음부터 인종이 동일하고 천연자원이 부족했던 유럽인들에게 문명이란 당연히 정치적이고 상업적인 호전적 성격을 띠게 됐음을 우리는 명심해야 한다. 그들은 내부적인 혼란을 겪지 않았던 반면에 강하고 탐욕스러운 이웃들을 다뤄야 했다. 그러한 문제들을 해결하기 위하여 내부적으로 완전한 결속을 유지하면서 타인들에게는 적의를 품고 경계하는 태도를 취하게 되었다. 과거에 조직적으로 약탈하던 정신이 현재에도 똑같이 계속되고 있다. 지금 그들은 조직적으로 전 세계를 착취하고 있다.

그러나 역사의 초기부터 인도는 항상 자신만의 문제를 가지고 있었다. 그것은 바로 인종의 문제이다. 모든 국가는 자신의 임무를 알고 있어야 한다. 우리는 인도가 정치적이고자 할 때 초라한 모습을 띠게 됨을 깨달아야 한다. 그렇게 되면 신의 섭리로 우리 앞에 주어진 바를 성취할 수 없게 되기 때문이다.

오랫동안 우리가 해결하고자 노력한 인종 간의 통합 문제는 이곳 미국에서 당신들도 똑같이 겪고 있는 문제이다. 이 나라의 많은 사람들이 인도의 카스트 구분이 어떻게 돼 가고 있는지 내게 묻는다. 그러한 질문은 대개 거만하게 이루어진다. 그럴 때면 미국 비평가들에게 같은 질문을 약간 바꿔서 다음과 같이 묻고 싶은 유혹을 느낀다. "인디언과 흑인은 어떻게 하셨소?" 당신들도 그들에게 카스트적인 태도를 버리지 않았기 때문이다. 다른 인종들로부터 분리되기 위해서 폭력적인 방법을 사용하고 있으므로 당신들이 미국에서 그 문제를 해결하기 전에는 인도를 신문할 권리가 없다.

큰 어려움에도 불구하고 인도는 뭔가를 해냈다. 인종 간에 조정을 이루고 그들 사이에 실제로 존재하는 차이점들을 인정하고 통합을 위한 기초를 쌓고자 노력해왔다. 그러한 기초는 인도의 모든 인종들에게 하나의 신을 설교하는 나낙, 카비르, 차이트나야 등과 같은 우리의 성인들을 통해서 이루어졌다.

우리의 문제에 대한 해결책을 찾음으로써 세계적인 문제도 해결할 수 있도록 도울 수 있을 것이다. 지금 전 세계는 인도가 겪었던 상황에 직면하고 있다. 전 세계는 과학 기술을 통해서 하나의 나라가 되어가고 있다. 그러므로 정치적이지 않은 통합의 기초를 당신들이 찾아야할 때가 도래하고 있는 것이다. 인도가 세계에 해결책을 제시할 수 있다면 그것은 인류에 대한 기여가 될 것이다. 인류의 역사라는 단 하나의 역사가 즌재한다. 그렇다면 모든 국가의 역사는 큰 역사의 챕터들일 뿐이다. 그러한 위대한 대의를 위해서 고통 받는데 우리 인도는 만족하고 있다.

모든 인간은 이기심이 있다. 그러므로 야만적인 본능 때문에 이기심을 쫓아서 다른 사람들과 싸우게 된다. 그러나 인간은 고차원의 본능인 동정심과 협동심도 가지고 있다. 이러한 높은 도덕적 힘이 부족하여 서로 통합하지 못하는 사람들은 멸망하거나 타락한 상태로 살아야된다. 강력한 협력 정신을 지닌 사람들만이 살아남아서 문명을 이루었다. 역사의 시작 이래로 인간은 서로 싸울 것인지 통합할 것인지, 자신의 이익을 취할 것인지 모두의 공통된 이익을 추구할 것인지를 두고선택해야 했다.

모든 나라가 지리적 한계를 가지고 있었고 통신 기술이 부족했던우리의 초기 역사에서 이러한 문제 역시 비교적 그 규모가 작았다. 분리된 지역 나에서 충분히 일체감을 발전시킬 수 있었다. 그 당시에는단결하여 타인들과 싸웠다. 그러나 도덕적 통합 정신은 그들의 위대함의 진정한 토대였으며 이로 인하여 예술, 과학, 종교가 발전하게 되었다. 그러한 고거에 인간이 유념해야 했던 가장 중요한 사실은 특정 인종의 사람들이 다른 인종과 긴밀한 접촉을 하게 된다는 것이었다. 고차원의 본성을 통해서 이러한 사실을 깨달은 자들이 역사에 족적을 남겼다.

현대에 가장 중요한 사실은 모든 다른 인종들이 서로 가까워졌다는 것이다. 그리하여 우리는 또다시 두 가지 선택에 처하게 되었다. 이는 다른 인종들과 계속 싸울 것인지 아니면 화해와 협력의 진정한 기초를 찾을 것인지의 문제이며, 끝없는 경쟁을 할 것인지 협력할 것인지의 문제이기도 하다.

정신적 통합의 비전과 사랑이라는 도덕적 힘을 타고난 사람들은 이방인들에 대한 적대감이 매우 적으며 다른 사람들의 입장에서 생각하는 동정적 통찰력을 갖고 있으므로 지금 우리 앞에 놓인 시대에 영원히 자리 잡기에 가장 적합하다. 그러나 싸움에 대한 본능과 이방인들에 대한 편협함을 끊임없이 발전시키는 사람들은 사라지고 말 것이라고 나는 주저 없이 주장하는 바이다. 이것이 우리 앞에 놓인 문제이므로 우리는 고차원의 본성의 도움을 받아서 이 문제를 해결하여 인간성을 입증해야 한다. 다른 사람들을 해치고 공격을 막으며 뒤로 밀쳐서 돈을 벌고자 하는 거대한 조직들은 우리에게 도움이 되지 않는다. 살아 있는 사람들을 짓누르고 엄청난 비용과 죽음을 야기하므로 오히려 고차원의 문명의 더 큰 삶에 대한 우리의 자유를 심각하게 방해할 뿐이다.

국가가 발전하는 동안에 형제애의 도덕적 문화는 지리적 경계로 인해서 제한되었다. 왜냐하면 그 당시에는 그러한 경계가 진실이었기 때문이었다. 이제 그 경계는 실제적 장애들이 사라져서 전통에 대한 상상의 선들이 되고 말았다. 그리하여 인간의 도덕적 본성이 이러한 엄청난 사실을 심각하게 다루던지 그렇지 아니면 없어질 때가 오고 말았다. 이러한 환경 변화의 첫 번째 결과는 바로 탐욕과 잔인한 증오라는 인간의 천한 열정이 끓어오르는 것이다. 이러한 상태가 끝없이 지속되어서 군사력이 상상할 수 없을 만큼 비대해지고 기계와 창고가 아름다운 땅을 먼지와 그을음과 추악함으로 뒤덮게 되면 결국 거대한 자살로 막을 내리고 말 것이다. 따라서 인간은 사랑과 맑은 비전의 모든 힘을 발휘하여 다시 한 번 위대한 도덕적 개조를 이루어서 국가라는 단편적인 집단이 아니라 인류의 모든 세상을 이해할 수 있어야 한다. 모든 인간들이 정신적 통합을 이룰 수 있는 영혼을 발견할 수 있는 새 시대의 새벽을 맞이할 수 있도록 자신은 물론이고 환경을 준비해야 한다는 요청이 현대의 모든 이에게 내려졌다.

이러한 요구가 낮은 비탈의 엉킴에서 벗어나 인류의 정신적인 꼭대기로 오르려고 발버둥치는 서구에 내려졌다면, 나는 신과 인간의 희망을 이룰 이러한 특별한 임무가 미국의 것이라고 생각한다. 당신은 가능성의 나라이며 지금 상태보다 뭔가 다른 것을 갈망하고 있다. 유럽은 부지불식간에 생각의 관습들에 젖어 있다. 그러나 미국은 아직 아무런 결론에 도달하지 않았다. 나는 미국이 과거의 전통에 얽매어 있지 않음을 알고 있으며 그러한 실험정신이 미국의 젊음의 표시라고 생각한다. 미국의 영광의 토대는 과거가 아닌 미래에 있으며, 누군가 앞을 내다볼 수 있는 힘이 있다면 미국의 미래의 모습을 사랑하게 될 것이다.

미국은 서구 문명을 동양에 정당화할 운명을 타고 났다. 유럽은 인류에 대한 신념을 상실했으며 의심이 많고 허약하다. 반면에 미국은 비관적이지 않고 무관심하지 않다. 더 나은 사람들과 최고의 사람들이 있으며 지식 덕분에 계속 전진하고 있음을 당신들은 알고 있다. 수동적일 뿐만 아니라 호전적이고 오만한 습관들이 있다. 이는 단순한 벽이 아니라 따가운 쐐기풀의 울타리와 같다. 유럽이 오랜 세월 동안 기른 이러한 습관의 울타리가 그들 주위를 빽빽하고 튼튼하게 높이 둘러싸고 있다. 유럽의 전통에 대한 자부심은 그 뿌리가 마음속 깊이까지 뻗어 있다. 나는 그것이 이치에 맞지 않다고 주장하고픈 생각은 없다. 그러나 모든 자부심은 결국 맹목을 낳게 된다. 모든 인위적인 자극제처럼 처음에는 의식이 고조되다가 복용량을 늘리면 의식이 흐려지고 그릇된 환희를 유발하게 된다. 유럽은 안과 밖의 모든 습관에 대한 자부심 때문에 서서히 완고해졌다. 자신이 서양이라는 사실을 잊지 못할 뿐만 아니라 기회가 있을 때마다 이러한 사실을 다른 사람들에게 강요해서 모욕을 준다. 이러한 이유 때문에 유럽은 동양에게 자신의 가장 좋은 점을 전수하지 못하고, 또한 동양이 수 세기 동안 간직해온 지혜를 올바른 정신으로 받아들이지 못하고 있다.

미국에서는 국가적인 습관과 전통이 마음속으로 그 뿌리를 내릴 시간이 없었다. 당신들은 유목민적인 불안감을 유럽의 안정된 전통과 비교하면서 항상 불리한 조건에 대하여 불평한다. 유럽은 과거라는 배경에 자신의 위대함을 고착시켜서 최대한 유리한 모습을 보여줄 수 있다. 그러나 무한한 미래를 앞두고 새로운 문명의 시대가 전 세계의 모든 이들에게 긴급 행동을 요청하는 나팔을 불고 있는 현재의 과도기에 당신들은 분리된 자유 덕분에 그러한 초청을 받아들이고 유럽이 여행을 시작한 후 중간에 길을 잃어버린 목표를 성취할 수 있게 될 것이다. 유럽은 자만심과 소유욕의 유혹 때문에 길에서 벗어나고 말았다.

개인들이 마음의 습관에서 자유로울 뿐만 아니라 역사가 더러운 뒤엉킴으로부터 자유롭기 때문에 당신들에게 미래 문명의 깃발을 드는 일이 적합하다. 유럽의 모든 위대한 국가들은 세계 도처에 피해자들을 만들었다. 이로 인하여 다른 인종들을 이해하기 위해 필요한 도덕적, 그리고 지적 동정심까지도 죽이고 말았다. 영국인들은 인도에 대해서 마음에 사욕이 있기 때문에 진실로 이해할 수가 없다. 독일이나 프랑스와 비교해 보면 인도 문학과 철학을 조금이라도 동정적인 통찰력과 자상한 마음으로 면밀히 연구한 학자들의 숫자가 영국에 가장 적음을 발견할 수 있다. 국가의 이기심과 자만심에 근거한 비정상적인 관계이므로 이러한 냉담하고 경멸적인 태도는 당연하다. 그러나 미국의 역사는 공평했으며 그리하여 일본이 서구 문명을 배우는데 도움을 주었고 중국이 가장 어두운 위기의 시기에. 당신들을 가장 신뢰하고 있다. 과거라는 탐욕에 구속되어 있지 않기 때문에 당신들은 위대한 미래에 대한 책임을 짊어질 수 있는 것이다. 따라서 지구상 모든 나라들 가운데 미국이 이러한 미래에 대해서 완전히 인식하고 있어야 하며 비전이 흐릿해져서는 안 되고 인류에 대한 신념 또한 젊음의 힘으로 강력해야 한다.

미국과 인도 사이에는 유사점이 존재한다. 그것은 바로 다양한 인종을 하나로 통합시키는 일이다.

인도에서 우리는 실질적 통합을 증명할 수 있는 모든 인종에게 공통적인 것을 찾으려고 노력하고 있다. 단순한 정치적 혹은 상업적인 단결의 토대를 찾고 있는 국가는 그러한 해결책이 충분하다고 생각지 않을 것이다. 생각할 줄 알고 힘이 있는 사람들은 정신적인 통합을 발견하여 실현하고 전도할 것이다.

인도는 지금껏 단 한 번도 내셔널리즘을 제대로 이해하지 못했다. 어릴 때부터 나는 국가에 대한 숭배가 신이나 인간에 대한 경의보다 낫다고 배웠지만 성장하면서 그러한 가르침에서 벗어났다. 우리나라 사람들이 국가가 인류의 이상들보다 위대하다고 가르치는 교육과 싸우면서 진정한 인도를 얻게 될 거라고 나는 믿는다.

현재 교육받은 인도인들은 우리 조상들의 교훈과는 상반되는 역사적 교훈들을 받아들이고자 하고 있다. 사실 동양은 자신의 삶의 결과가 아닌 역사를 받아들이려 하고 있다. 예를 들어서 일본은 서양의 방식들을 받아들이면서 힘이 세어지고 있다고 생각하지만 유산을 탕진하고 난 후에는 오로지 빌려온 문명의 무기들만 남게 될 것이다. 그렇게 되면 안으로부터 자신을 발전시킬 수 없을 것이다.

과거가 있는 유럽의 힘은 자신의 역사에 있다. 다른 사람들의 역사를 빌려올 수 없으므로 우리 자신의 역사를 억압하면 자살하게 되는 것임을 인도는 명심해야 한다. 당신의 삶에 속하지 않는 것들을 빌려오게 되면 당신의 삶은 짓밟히고 말 것이다.

따라서 나는 서구 문명과 경쟁하는 것이 인도에 아무런 이득도 되지 않는다고 믿고 있다. 우리에게 쏟아진 모욕에도 불구하고 우리의 운명을 따른다면 우리는 충분히 보상받을 것이다.

지적인 연구를 위해서 정보를 전달하거나 우리의 마음을 훈련시키는 가르침들이 있다. 이들은 간단하며 획득하여 유리하게 활용할 수 있다. 그러나 우리의 더 깊은 본성에 영향을 끼치고 삶의 방향을 바꾸는 것들이 있다. 그러한 것들을 받아들이고 우리의 유산을 팔아서 대가를 지불하기 전에 잠시 멈추고 깊이 생각해야 한다. 인간의 역사에서 힘과 운동으로 우리를 감탄하도록 만드는 불꽃놀이의 시대가 도래했다. 이들은 우리의 소박한 등불들뿐만 아니라 영원한 별들도 비웃는다. 그러한 자극에도 불구하고 급하게 우리의 등불들을 없애려고 해서는 안 된다. 현재의 모욕을 인내하며 견뎌서 이러한 불꽃놀이가 화려하지만 영원하지 않음을 깨달아야 한다. 왜냐하면 극단적인 폭발성이 그들의 힘의 원천이기도 하지만 소멸의 원인이기도 하기 때문이다. 그들은 이득과 생산에 비해서 힘과 물질을 파멸적일만큼 많이 사용하고 있다.

여하튼 우리의 이상들은 우리 역사를 통해서 발전해왔다. 어설픈 불꽃놀이를 하고 싶다고 하더라도 도덕적 목적은 물론이고 재료들 역시 당신들과 다르다. 정치적 국가를 얻기 위해서 모든 것을 지불하고자 한다면 이는 마치 스위스가 영국 해군과 경쟁할 수 있을 만큼 강력한 해군을 만들겠다는 야망에 자신의 존재를 거는 것처럼 어리석은 일이다. 우리가 저지르는 실수는 바로 인간의 위대함의 경로가 오직 한 가지뿐이라고 생각하는데 있다. 이는 심각한 오만함으로 얼마 동안만 스스로를 고통스럽게 빛나도록 만드는 것에 지나지 않는다.

우리 앞에 놓인 미래가 단순한 사물들이 아닌 도덕적 이상들로 풍부한 사람들을 기다리고 있음을 분명히 알아야 한다. 손만 뻗으면 잡을 수 있는 거리에서 벗어난 과일을 따고자 노력하며, 현재의 성공에 노예처럼 따르지 않고 열망이 부족한 조심스런 과거에 얽매이지 않으며, 대신에 가장 큰 기대를 담은 이상들을 마음속에 품으며 영원한 미래를 추구하는 삶이 바로 인간의 특권이다.

서구가 인도에 온 것이 신의 뜻임을 우리는 인식해야 한다. 그러나 누군가는 동양을 서양에 보여주고 문명의 역사에 동양이 기여할 수 있음을 설득해야 한다. 인도는 서양의 거지가 아니다. 비록 서양이 그렇게 생각한다고 할지라도 나는 서양 문명을 버리고 독립하여 떨어져 나가자고 주장하지 않는다. 우리는 깊은 관계를 가져야 한다. 영국이 그러한 보다 깊은 관계를 위한 경로가 되기를 신이 원한다면 나는 기꺼이 겸손하게 받아들일 것이다. 나는 인간 본성에 큰 신뢰를 가지고 있으며 서양이 그에 대한 진정한 임무를 발견하게 될 거라고 생각한다. 서양 문명이 신뢰를 저버리고 자신의 목적을 따르지 않고 있으므로 내가 독설을 내뱉는 것이다. 서양은 이기적인 욕구를 위하여 힘을 사용해서 세계에 저주가 되어서는 안 된다. 대신에 무지한 자들을 가르치고 약한 자들을 도와 침범에 저항할 수 있는 힘을 갖도록 만들어서 강자들이 저지르기 쉬운 최악의 위험으로부터 스스로를 구해야 한다. 또한 서양은 자신의 물질주의를 궁극적인 것으로 만들어서는 안 되며 물질의 폭정으로부터 정신적인 존재를 해방시키는 일에 이바지해야 함을 깨달아야 한다.

나는 특별히 한 국가에 반대하는 것이 아니라 국가라는 일반적인 개념에 반대한다. 그렇다면 국가란 무엇인가?

그것은 한 인간 전체가 조직된 힘의 양상이다. 이러한 조직은 사람들이 강하고 효율적이어야 한다고 끊임없이 요구한다. 그러나 힘과 효율성을 쫓는 이러한 격렬한 노력 때문에 인간은 자기희생적이고 창의적인 고차원의 본성을 잃고 만다. 그리하여 인간의 희생의 힘이 도덕이라는 궁극적인 목표로부터 기계적인 조직의 유지로 바뀌고 마는 것이다. 이러한 일에 도덕적 흥분의 만족감을 느끼는 인간은 인류에 매우 위험한 존재가 되고 만다. 온전한 도덕적 인간성이 아닌 지성의 창조물인 기계에 책임을 돌림으로써 그는 양심의 가책으로부터 자유롭게 된다. 이러한 장치를 통하여 자유를 사랑하는 자들이 자신의 의무를 다했다는 오만하고 편한 마음으로 세계 도처에 노예 상태를 영구화시키고 있다. 그리하여 천성적으로 공정한 인간들도 세계가 당연한 보답을 받도록 돕고 있다고 생각하며 잔인하리만큼 부당한 행동과 생각을 하게 된다. 또한 정직한 사람들이 사익을 위해서 다른 사람들의 인권을 마구 유린하면서 불행한 자들이 더 나은 대접을 받을 자격이 없다고 욕을 퍼붓기도 한다. 우리는 작은 사업과 직업 조직들조차도 천성적으로 나쁘지 않은 사람들을 냉정하게 만드는 것을 일상에서 목격하고 있다. 그러므로 모든 사람들이 부와 권력을 얻기 위하여 스스로를 맹렬히 조직하고 있는 세계에서 어떤 도덕적 파멸이 일어나고 있는지 쉽게 상상해볼 수 있다.

내서널리즘은 엄청난 위협이다. 그것은 바로 오랫동안 인도의 문제의 근원이었다. 지극히 정치적인 국가가 우리를 통치하고 지배하고 있으므로 우리는 과거의 유산에도 불구하고 언젠가는 일어날 정치적 운명에 대한 믿음을 마음속으로 키워오고 있다.

인도에는 다른 이상들을 가진 다른 정당들이 존재한다. 어떤 정당들은 정치적 독립을 위해서 투쟁하고 있다. 다른 정당들은 그럴 때가 아직 되지는 않았지만 그래도 인도가 영국의 식민지들이 갖고 있는 권리들을 가져야 한다고 믿고 있다. 그들은 가능한 많은 자치권을 얻기를 소망한다.

인도의 정치 운동 역사 초기에는 지금 같은 정당들 사이의 갈등이 존재하지 않았다. 당시에 인도 국민회의라는 정당이 있었지만 실질적인 강령을 갖고 있지 않았다. 그들은 공권력이 고쳐주기를 바라는 몇

가지 불만만 있었다. 의사당에서 더 많은 의석을 원하고 지방 정부에 더 많은 자유를 달라고 했다. 그러한 파편적인 요구를 할 뿐 건설적인 이상을 갖고 있지 않았다. 따라서 나는 그들의 방식에 열광하지 않았다. 인도가 가장 필요로 하는 건 자신의 내면으로부터 나오는 건설적인 일이라고 나는 확신한다. 그러한 일에 우리는 모든 위험을 무릅쓰고 박해에도 불구하고 본래 의무를 다해야 한다. 그러면 실패와 고통이 따르더라도 모든 발걸음마다 도덕적 승리를 거둘 수 있을 것이다. 우리 위에 있는 사람들에게 우리가 도덕적 힘과 함께 진실을 위하여 고통을 겪을 수 있는 힘이 있음을 보여줘야 한다. 우리가 아무 것도 보여줄 수 없다면 구걸할 수밖에 없을 것이다. 우리가 소망하는 선물이 즉시 주어진다면 해가 될 것이므로, 나는 다시 한 번 동포들에게 구걸을 위해서가 아니라 자기희생의 정신을 보여줄 수 있는 기회를 만들기 위해서 단결할 것을 촉구하는 바이다.

정당이 채택한 어설픈 정책이 무익하다는 걸 사람들이 금방 깨달았기 때문에 정당은 힘을 잃고 말았다. 정당이 쪼개지자 극단주의자들이 등장해 독립을 위한 행동을 주장하며 나라에 대한 의무를 저버리는 가장 손쉬운 방법인 구걸을 폐기했다. 그들의 이상은 서구의 역사에 근거하고 있다. 그들은 인도의 특수한 문제들에 공감하지 않는다. 인도인들이 이방인들에 대처하지 못한 원인들이 사회 조직에 있다는 명백한 사실을 그들은 모르고 있다. 영국을 쫓아낸 다음에는 뭘 할 수 있을까? 쉽게 다른 나라들의 희생양이 되고 말 것이다. 똑같은 사회적 약점들이 만연할 것이다. 인도에서 우리가 생각해야 할 것은 바로 다음과 같다. 자존심의 부족과 함께 우리 위의 사람들에게 완전히 의존케 만드는 사회적 관습과 이상을 없애는 것이다. 그러한 관습과 이상은 카스트 제도의 지배와 더불어 현대에 어울리지 않는 시대착오적인 전통의 권위에 의존하는 맹목적이고 게으른 습관 때문에 발생한다.

어려움에 부딪친 인도가 그것을 극복하고자 투쟁하고 있다는 점에 당신들이 관심을 가져주기를 다시 한 번 바란다. 인도의 문제는 세계 문제의 축소판이다. 인도는 땅이 방대하고 인종이 너무나 다양하다. 하나의 지리적 장소에 많은 나라를 채워놓은 것과 같다. 한 나라를 많은 곳에 만들어 놓은 유럽과 정반대이다. 문화와 성장에서 유럽은 하나일 뿐만 아니라 많은 힘을 가지는 유리함을 누렸다. 반대로 인도는 원래 많으며 우연히 하나일 뿐이므로 줄곧 다양성으로 인한 느슨함과 단결력의 약함으로 고통 받아 왔다. 진정한 통합은 둥근 지구본처럼 짐을 쉽게 들고 굴러가지만 다양성은 모가 많아서 온 힘을 다해서 끌고 밀어야 한다. 인도를 위해서 변명하자면 이러한 다양성은 스스로 만든 것이 아니라 역사의 시작이래로 하나의 사실이었다. 미국과 호주에서 유럽은 원주민들을 거의 몰살시킴으로써 문제를 단순하게 만들었다. 심지어 지금도 스스로가 이방인이면서도 차지하고 있는 땅에서 이방인들을 야박하게 내쫓는데서 이러한 몰살의 정신이 잘 드러나고 있다. 그러나 인도는 처음부터 인종들 간의 차이를 관대하게 다루었고 그러한 관용의 정신이 모든 역사를 통해서 이루어졌다.

인도의 카스트 제도는 이러한 관용의 정신의 결과물이다. 다른 인종들이 자신만의 특징을 유지할 수 있는 자유를 실컷 누리며 함께 살 수 있는 사회적 통합을 발전시키기 위해서 인도는 줄곧 실험을 해오고 있다. 결속은 가능한 느슨했지만 상황이 허락할 때면 밀접했다. 이로 인해서 미국 같은 사회적 동맹이 만들어지게 되었는데 이것의 일반적인 이름이 바로 힌두교이다.

비록 단점이 있다고 하더라도 인종의 다양성이 반드시 존재해야 한다고 인도는 생각했다. 본성을 당신의 편협한 편리함의 한계 속에다가 억지로 구속하게 되면 언젠가 크게 그 대가를 치르게 된다. 이 점에서 인도는 옳았다. 그러나 인도가 깨닫지 못한 것은 바로 인간의 차이점들이 산들의 물리적 장벽들처럼 영원히 고정되어 있지 않다는 점이었다. 그것들은 삶의 흐름에 따라서 유동적이어서 방향과 모양과 크기가 변한다.

따라서 인도는 카스트 제도를 통하여 차이점들을 인식했지만 삶의 법칙인 유동성을 깨닫지는 못했다. 충돌을 피하기 위해서 인도는 확고한 벽들로 경계를 쌓아서 확장과 변화의 긍정적인 기회가 아니라 수많은 인종들에게 평화와 질서라는 부정적인 혜택을 주었다. 인도는 다양성을 만들어 내는 자연의 힘을 수용했지만 그러한 다양성을 무한한 치환과 조합의 게임을 위하여 활용하지 않았다. 인도는 다양한 삶을 진실 되게 다루었지만 언제나 유동적이어야 할 부분에서 모욕을 주었다. 따라서 인도의 사회적 제도에서 생명이 사라지고 그 자리에다가 만든

수많은 구획으로 나누어진 웅장한 감옥을 온갖 정성을 다해서 숭배하게 된 것이다.

인도가 직업 간의 충돌을 막고자 할 때도 똑같은 일이 발생했다. 인도는 직업의 차이를 카스트의 차이로 연결 지었다. 이로 인한 장점은 경쟁에 의한 끝없는 질투와 증오를 가라앉히는 효과를 가져왔다는 것이다. 그러한 경쟁은 잔인함을 낳고 사방이 거짓말과 속임수로 가득 차도록 만든다. 여기서 인도는 세습의 법칙을 지나치게 강조함으로써 변화의 법칙을 무시하여 점차 예술을 기술로, 특수한 재능을 기능으로 격하시키고 말았다.

그러나 서양의 평론가들이 눈치 채지 못한 것은 바로 인도가 카스트 제도를 통하여 충돌을 피하면서도 경계 내에서 모든 인종에게 자유를 주는 방식으로 인종 문제를 해결하겠다는 책임감을 매우 진지하게 받아들였다는 점이다. 이 문제에 있어서 인도가 완전한 성공을 거두지 못했음을 인정하자. 그러나 인종의 동질성을 선호하는 서양이 이 문제에 관해서 전혀 관심을 기울이지 않았으며 문제에 부딪칠 때마다 완전히 무시하며 신경 쓰지 않았음을 당신은 인정해야 할 것이다. 그런 태도가 바로 이 땅에서 정직하게 살고자 하는 권리를 이방인들로부터 박탈하는 유럽의 반아시아적 운동의 원인이다. 대부분의 식민지에서 당신들은 나무를 베거나 물을 뜨는 천한 자리를 받아들이는 조건으로 이방인들을 들이고 있다. 이방인들에게 문을 닫거나 그들을 노예 상태로 전락시키고 있다. 이것이 바로 인종 갈등 문제에 대한 당신의 해결책이다. 그것의 장점이 무엇이든 간에 문명의 고차원적인 충동이 아니라 탐욕과 증오의 저급한 열정으로부터 나온 것임을 당신은 인정할 수밖에 없을 것이다. 당신은 이것이 인간 본성이라고 말할 것이다. 인도 역시 사회적 계층이라는 고정된 장벽으로 인종 간의 차이점들에 튼튼한 바리케이드를 칠 때 인간 본성에 대해서 그렇게 생각했을 것이다. 그러나 인간 본성이 눈에 보이는 것이 아니라 진실, 즉 무한한 가능성에 있다는 것을 우리는 쓰라린 경험을 통해 알게 되었다. 우리가 무지함으로 천한 모습의 인간을 모욕하면 그는 변장을 벗고서 우리가 신을 모독했음을 폭로한다. 오만함과 사리사욕 때문에 다른 사람들에게 끼치는 타락은 우리의 인간성을 타락시키고 만다. 너무 늦기 전에 발견하지 못하므로 이것은 우리에게 가장 끔찍한 벌이다.

이방인들뿐만 아니라 사회의 다른 구성원들과의 관계에서도 당신은 화해에 바탕을 둔 조화를 이루지 못했다. 무모한 출세를 위한 최대한의 자유는 갈등과 경쟁의 정신에 바탕하고 있다. 그것의 기원이 부와 권력이라는 탐욕이기 때문에 폭력적인 죽음 외에는 다른 어떤 목적에도 도달할 수 없다. 인도에서 일용품의 생산은 사회적 적응의 법칙을 따랐다. 그것의 근거는 협력이었으며 사회적 요구를 완벽하게 충족시키기 위함이었다. 그러나 서양에서는 경쟁의 충동에 따르며 목표는 개인들이 부를 얻기 위함이다. 그러나 개인은 기하학적 선과 같아서 넓이가 없고 길이만 존재한다. 또한 영원히 뭔가를 간직할 수 있는 깊이를 갖고 있지 않다. 따라서 욕심과 이욕이 끝이 없다. 개인이라는 선은

늘어나는 성장의 과정에서 다른 선들을 가로질러 뒤엉킴을 유발하기도 하며 가늘게 고립되어 있어서 완전함이라는 이상을 계속 놓치게 된다.

우리는 육체적인 식욕에 한계가 있음을 알고 있다. 그러한 한계를 초과하면 건강의 한계를 넘게 됨을 알고 있다. 부와 권력에 대한 욕망은 죽음의 땅 이외에는 한계를 모르는 걸까? 국가적인 물질주의의 축제에 서양인들은 중요한 힘의 대부분을 단지 물건들을 생산하는데 사용하고 이상의 창조는 무시하고 있지 않은가? 문명은 도덕적 건강의 법칙을 무시하고 물질적인 것들을 게걸스럽게 집어삼키면서 끊임없이 인플레이션의 과정을 반복할 수 있을까? 사회적 이상을 지닌 인간은 당연히 자신의 식욕을 조절하며 본성의 더 높은 목적에다가 욕망을 종속시키고자 한다. 그러나 경제적인 세계에서 우리의 식욕은 인위적으로 조작되는 공급과 수요의 법칙 이외에 다른 어떤 규제도 따르지 않으므로 개인들은 끝없는 탐욕의 향연에 탐닉할 기회를 갖게 된다. 인도에서 우리의 사회적 본능은 우리의 식욕에 규제를 가하였다. 아마도 극단적인 억제가 가해졌는지도 모른다. 그러나 서양에서는 도덕적 목적이 없는 경제 조직의 정신으로 인해서 사람들이 끊임없이 부를 추구하도록 자극받는다. 여기에는 건전한 한계가 존재하지 않는 걸까?

사회 제도로 그 모습을 드러내고자 하는 이상에는 두 가지 목표가 있다. 첫째는 우리의 열정과 식욕을 조절하여 인간의 조화로운 발전을 이루는 것이고, 나머지 하나는 인간이 같은 사람들을 사심 없이 사랑하도록 돕는 것이다. 따라서 사회는 고차원의 본성을 가진 인간의 도덕적 정신적 열망의 표현이 된다.

우리의 음식은 창조적이어서 우리의 몸을 만든다. 그러나 술은 자극만 할뿐 그렇지 못하다. 우리의 사회적 이상들은 인간 세계를 창조한다. 하지만 마음이 권력에 대한 탐욕으로 관심을 돌리게 되면 우리는 취한 상태에서 힘이 건강이 아니고 자유가 자유롭지 않은 비정상적인 세계에 살게 된다. 마음이 자유롭지 않을 때 정치적 자유는 우리에게 자유를 주지 않는다. 자동차는 단순히 기계이므로 이동의 자유를 창조하지 못한다. 내 스스로가 자유로울 때 자유를 위한 목적으로 자동차를 사용할 수 있다.

현대에 정치적 자유를 얻은 자들이 반드시 자유롭지 않으며 단지 힘이 있을 뿐임을 우리는 명심해야 한다. 그들의 구속되지 않은 열정은 자유라는 가면을 쓰고 거대한 노예 조직을 만들고 있다. 돈을 버는 것을 최고의 목적으로 삼는 자들이 무의식적으로 그들의 생명과 영혼을 부자들이나 돈을 의미하는 단체들에 팔고 있다. 정치적인 힘을 사랑하고 외국 인종들에 대한 지배력을 확장하는데 기뻐하는 자들은 점점 그들의 자유와 인간성을 타인들을 노예로 만드는데 필요한 조직들에 넘겨주고 있다. 소위 자유 국가들에서 대다수의 사람들은 자유롭지 않으며 소수에 의해서 자신들도 모르는 목표를 향해 내몰리고 있다. 이는 도덕적이며 정신적인 자유를 목적으로 인정하고 있지 않기 때문에 가능한 일이다. 그들은 열정으로 거대한 회오리바람을 일으켜서 빙 빙 돌며 움직이는 단순한 속력에 어지럽게 취한 채 그것을 자유라고 생각하고 있다. 그러나 인간의 진실은 도덕적 진실이며 해방은 정신적인 삶에 있으므로 그들을 덮치고자 기다리고 있는 운명은 오로지 죽음 밖에 없다.

현재 인도의 대다수 내셔널리스트들의 일반적인 의견은 사회 건설의 임무가 우리가 태어나기 수 천 년 전에 벌써 행해졌으므로 이제 사회적, 정신적 이상들을 최종적으로 완성할 단계에 이르렀다는 것이다. 그러므로 우리가 정치적인 방향으로 모든 행동을 자유롭게 취할 수 있다고 주장한다. 현재 우리의 무기력함의 기원이 사회적 부족함이라고 꿈에도 비난하지 않는다. 왜냐하면 영원함에 대한 초인적인 비전과 함께 미래에 영원히 대비할 수 있는 초자연적인 힘으로 우리 조상들이 사회적 제도를 완벽하게 만들었다는 것을 내셔널리즘의 신조로 받아들이고 있기 때문이다. 따라서 우리의 모든 불행과 결함에 대한 책임을 외부로부터 밀어닥친 역사적인 놀라운 사건들에 돌리게 된 것이다. 이런 이유로 인해서 사회적 노예라는 모래성에다가 자유라는 정치적 기적을 건설하는 것을 우리의 임무라고 믿게 된 것이다. 그러나 사실 우리는 역사적 흐름의 진실한 방향을 둑으로 막고서 다른 사람들의 역사로부터 오로지 힘만 빌려오고 싶어 한다.

단순히 정치적 자유가 우리를 자유롭게 만들 것이라는 망상에 사로잡힌 이들은 인도에서 서양의 교훈들을 복음적 진실로 받아들여서 인간성에 대한 신뢰를 상실하고 말았다. 우리 사회의 어떠한 결점이라도 정치에서 위험의 근원이 될 것이란 걸 명심해야 한다. 사회적 제도라는 죽은 형태를 맹목적으로 숭배하도록 만드는 무기력함은 우리 정치에다가 튼튼한 벽을 지닌 감옥을 만들 것이다. 또한 많은 인간들에게 뼈아픈 열등감의 멍에를 씌우는 일이 가능하도록 만드는 편협한 동정심이 우리 정치에 그 모습을 드러내서 불의의 폭정을 만들어 낼 것이다.

우리의 내셔널리스트들이 이상에 대해서 이야기할 때 그들은 내셔널리즘의 기초가 부족하다는 점을 망각하고 있다. 그러한 이상을 옹호하는 이들이 사실 사회적 실천에서 가장 보수적이다. 예를 들어서 내셔널리스트들은 인종적 차이점들에도 불구하고 하나의 국가로 단결된 스위스를 보라고 말한다. 그러나 스위스에서 인종들이 섞이고 서로 결혼하는 이유는 그들이 피를 나누고 있기 때문이다. 인도에서는 공통된 생득권이 존재하지 않는다. 서구 국가들에 대해서 이야기할 때 우리는 그들이 서로 다른 카스트에 대한 물리적 혐오감을 갖고 있지 않음을 잊고 있다. 피를 섞도록 허락받지 않은 사람들이 강압이나 돈을 목적으로 하지 않고서 서로를 위하여 피를 흘리는 예가 전 세계 어디에 있는가? 인종 혼합에 대한 도덕적 장벽들이 우리의 정치적 통합에 방해가 되지 않기를 과연 희망할 수 있을까?

사회적 제약들이 여전히 너무 폭압적이어서 사람들을 겁쟁이로 만든다는 사실을 우리는 제대로 인식해야 한다. 어떤 사람이 이단적인 생각을 갖고 있지만 사회에서 매장당할 것을 염려하여 그런 생각을 따를 수 없다고 고백한다면 나는 그가 오로지 살기 위해서 거짓된 삶을 살아야 함을 용서할 것이다. 음식의 선택 같은 문제에서 우리와 다르다고 해서 사람들의 삶이 짐이 되게 만들어버리는 마음의 사회적 습관은 분명히 정치적 조직에서 지속되어 생명의 표시인 모든 이성적 차이를 분쇄시키는 강압적 기관들을 만들어 낼 것이다. 그렇게 되면 폭정으로 인해서 우리의 정치적 삶에 거짓말과 위선만 틀림없이 늘어나게 될 것이다. 우리의 도덕적 자유를 기꺼이 희생할 만큼 이름뿐인 자유가 그렇게 소중한가?

우리가 젊음의 활기로 넘칠 때 습관의 과도함은 즉각 그 효과를 드러내지 않는다. 그러나 그러한 활기가 점점 소멸되어 쇠퇴기가 시작되면 계산을 하고 빚을 갚아야 하므로 우리는 파산 상태에 이르고 만다. 힘의 조직이라는 알코올 중독으로 인하여 인류가 매 순간 고통 받고 있지만 서양에서 당신들은 여전히 머리를 높이 쳐들고 다니고 있다. 인도 역시 한창 때에 중요한 장기들에다가 매우 완벽할 정도로 경직된 사회 조직들의 무거운 짐을 지고 다녔다. 그러나 그것은 치명적이어서 살아 있는 본성이 서서히 마비되고 말았다. 이런 이유로 교육받은 이들이 모국의 사회적 요구를 이해하지 못하고 있다. 그들은 우리의 사회 조직이 불변하는 것을 완벽함의 표시로 받아들이고 있다. 사회적 유기체의 사지가 건강한 고통을 느낄 수 없기 때문에 그들은 아무런 도움도 필요하지 않다고 착각하고 있다. 따라서 그들은 모든 힘을 정치 분야에 쏟아야 한다고 생각한다. 이것은 마치 두 다리가 쪼그라들어서 못쓰게 된 사람이 구원을 얻어서 다리가 자랐다고 착각하면서 잘못된 것이라고는 지팡이가 짧은 것뿐이라고 생각하는 것과 같다.

인도의 사회적, 정치적 갱생에 관해서는 이쯤 해두자. 인도의 산업으로 넘어가서 내가 자주 받게 되는 질문은 영국 정부가 들어선 이후로 인도에 산업적 쇄신이 있었느냐는 것이다. 영국의 지배가 시작됐을 때 우리의 산업은 억압당했으며 그 후로 세계의 괴물 같은 상업 조직들에 맞설 수 있도록 실질적인 도움이나 격려를 받지 못했다. 우리가 앞으로도 무기를 사용하는 법을 잊고서 순전히 농사만 지어야 한다고 국가들이 결정했다. 따라서 인도는 가장 미숙한 이빨만 가진 어느 나라라도 언제나 집어삼킬 수 있도록 소화하기 쉽게 조리된 음식 조각들로 변하고 있다.

그러므로 인도는 산업적 독창성을 발휘할 여지가 매우 적다. 나는 개인적으로 현재의 다루기 힘든 조직들을 신뢰하지 않는다. 그들이 보기 흉하다는 사실만으로도 모든 창조물과 조화를 이루지 못함을 알 수 있다. 자연의 위대한 힘은 추함이 아니라 아름다움에서 진실을 드러낸다. 아름다움이란 조물주가 자신의 작품들에 만족할 때 찍는 서명이다. 완벽함의 법칙을 건방지게 무시하고 흉함을 뻔뻔하게 드러내는 모든 상품들은 신의 불쾌함의 낙인을 영원히 지니게 된다. 당신들의 상업이 우아한 기품이 부족하다면 그것은 진실 되지 못하다. 아름다움과 그것의 쌍둥이 형제인 진실은 성장하기 위해서 여가와 자제심이 필요하다. 그러나 이익을 위한 탐욕은 포용하기 위한 시간도 한계도 갖지 않는다. 그것의 목표는 오로지 생산하고 소비하는 것이다. 아름다운 자연이나 살아 있는 인간들에 대한 동정심을 갖고 있지 않다. 단 한순간의 망설임도 없이 아름다움과 생명을 무자비하게 부수고 돈으로 만들 준비가 돼 있다. 이러한 상업의 흉악한 저속함은 인간이 초기에 인류에 대한 밝은 비전을 가질 수 있는 여유가 있었던 때를 경멸하고 비난한다. 당시에 인간은 단순히 돈을 버는 본능에 대해서 솔직히 부끄러워했다. 그러나 과학의 시대에 돈은 매우 비정상적인 크기로 권좌에 올랐다. 그렇게 쌓아올린 돈은 높은 곳에서 고차원의 인간 본능을 모욕하고 아름다움과 고귀한 감정을 주변에서 쫓아내고 있다. 이에 우리는 복종한다. 우리는 천박하게 돈의 뇌물을 받으며 우리의 상상력은 거대한 돈의 육체 앞에서 땅에 머리를 처박고 아첨한다.

그러나 돈의 거대함과 끝없는 복잡함은 바로 실패의 진정한 표시들이다. 수영을 잘 하는 사람은 거친 움직임으로 근육의 힘을 과시하지 않는다. 대신에 보이지는 않지만 완벽한 우아함과 평온함으로 힘을 드러낸다. 인간과 동물의 진정한 차이는 인간 내면의 보이지 않는 힘과 가치에 있다. 그러나 현대 인간의 상업적 문명은 너무 많은 시간과 공간을 차지하고 있을 뿐만 아니라 시간과 공간을 죽이고 있다. 움직임은 폭력적이고 소음은 불협화음으로 시끄럽다. 그러한 문명은 자신이 밟고 서 있는 인간을 짓밟아서 왜곡하고 있으므로 스스로 파멸을 짊어지고 있다. 행복을 희생시키며 열심히 돈을 만들어내고 있다. 조직에게 가장 넓은 공간을 내주기 위해서 인간은 스스로를 최소한으로 축소시키고 있다. 또한 기계를 방해하기 쉽다는 이유로 인간적인 감정들을 조롱하고 부끄러워하고 있다.

우리 인도 신화에 영생을 얻기 위해서 고행을 하던 사람이 영생자들의 신인 인드라가 보낸 유혹에 부닥치게 된다는 이야기가 있다. 그가 유혹을 당하면 지게 된다. 서양은 수 세기 동안 영생이라는 목표를 이루기 위하여 애쓰고 있다. 인드라가 서양을 시험할 유혹을 내려 보낸 것이다. 그것은 바로 부라고 하는 눈부신 유혹이다. 서양은 받아들였고 인류 문명은 기계라는 광야에서 길을 잃었다.

흉악한 치장의 야만성을 지닌 이러한 상업주의는 모든 인류에게 끔찍한 위협이다. 왜냐하면 완전함이라는 이상보다 힘이라는 이상을 더 위에 두기 때문이다. 상업주의는 이기주의의 숭배가 적나라하고 뻔뻔스럽게 기뻐 날뛰도록 만들고 있다. 우리의 마음은 근육보다 예민하다. 우리에게 가장 소중한 것들로부터 마땅히 필요한 보호망을 걷어버리면 그것들은 아기처럼 무기력해진다. 무정하고 잔인한 힘이 인류의 대로에서 미친 듯이 날뛰고 있는 지금 수 세기 동안 순교로 소중하게 지켜온 우리의 이상들이 그 추잡한 모습에 겁을 먹고 달아나고 있다.

강자들에게 치명적인 유혹은 약자들에게 더욱 그러하다. 따라서 나는 우리 인도의 삶에 설령 영생자들의 신이 보냈다고 하더라도 그러한 유혹을 환영하지 않는다. 우리의 삶이 외적으로 검소하고 내적으로 풍요롭도록 만들자. 우리 문명이 경제적 착취와 갈등이 아니라 사회 협력의 토대 위에 튼튼히 서 있도록 만들자. 경제적 마왕들이 우리의 생명인 피를 고갈시키고 있음에도 불구하고 어떻게 이런 일들을 할 수 있는가 하는 문제가 바로 인간 영혼을 신뢰하는 모든 동양 국가의 사상가들 앞에 놓인 과제이다. 우리와 다른 이상들을 가지고 있는 자들이 강요한 조건들을 받아들이는 것은 게으름과 무력함의 표시이다. 우리 역사를 완벽한 목적으로 인도하기 위해서 세계의 열강들을 부지런히 개조시키고자 해야 한다.

내가 경제학자가 아니라는 점은 위의 글로 알 수 있을 것이다. 수요와 공급의 법칙이 존재하며 자신에게 좋은 것보다 더 많은 것들에 인간이 심취한다는 것도 나는 기꺼이 인정한다. 그러나 인류에게 완전한 조화 같은 것이 있음을 나는 계속 믿고자 한다. 그곳에서는 가난이 부를 탐하지 않고 패배가 승리로, 죽음이 영생으로 이어질 수 있으며 영원한 정의라는 보상을 통하여 꼴찌들이 모욕을 황금처럼 빛나는 승리로 바꿀 수 있을 것이다.

제 4 부
세기의 해 질 녘

1

세기의 마지막 태양이 증오의 회오리바람과 서양의 핏빛 구름 사이로 지고 있다. 탐욕의 술에 취해 몽롱한 국가들의 벌거벗은 자기애의 열정이 강철의 불협화음과 울부짖는 복수의 선율에 맞춰 춤을 추고 있다.

2

부끄러움을 모르고 먹고 있는 국가의 굶주린 자아는 무섭게 터지고 말 것이다. 세상을 자신의 음식으로 만들어 핥고 우두둑 씹고 양껏 집어삼켜서 커지고 커지다가 결국은 사악한 향연이 한창일 때 갑자기 하늘에서 창이 내려와 탐욕의 심장을 뚫고야 말리라.

3

지평선에서 타오르는 주홍빛은 나의 모국, 그대의 평화로운 새벽빛이 아니다. 폭식에 짓눌려 죽은 국가의 자기애를 거대한 살점의 재로 태워버리는 화장 장작더미의 희미한 불빛이다. 동양의 인내하는 어둠 뒤에서 그대의 아침이 온순하고 조용히 기다리고 있다.

4

인도여, 방심하지 마라. 신성한 해돋이에 숭배의 공물을 바쳐라. 최고의 환영 찬가를 그대의 목소리로 소리 내어 불러라. "신이 겪은 위대한 고통의 딸, 그대 평화여 어서 오라. 그대의 보물인 만족과 인내의 칼, 또한 그대의 이마에 올려놓을 유순함과 함께 오너라."

5

형제들이여, 소박한 흰 옷을 입고 거만하고 힘센 자들 앞에 당당히 서거라. 왕관은 겸손하게, 자유라면 영혼의 자유를 받들라. 가난을 풍요로운 결핍으로 삼고 그 위에 매일 신의 왕좌를 건설하라. 그리하여 큰 것이 위대하지 않으며 자부심이 영원하지 않음을 깨달아라.

라빈드라나트 타고르 Rabindranath Tagore

1861년 벵골 지방의 대지주이자 명문가 집안에서 열세 명의 형제자매 가운데 막내로 태어났다. 여덟 살 때부터 글을 쓰기 시작해 십대에 이르러서 이미 상당한 양의 작품을 발표했다. 영국에서 공부했으나 학위를 따지 않고 고향으로 돌아왔다. 전통적인 교육 제도에 회의적이었던 그는 이후에 대안 학교와 대학을 설립했다. 1913년 비서구인으로는 최초로 노벨 문학상을 받았다. 당대의 거의 모든 문학 장르에 능통했던 타고르는 시집 수십 권, 희곡 수십 편, 장편소설 여덟 권, 중편소설 네 편, 단편소설 수백 편을 발표했으며 미술은 물론이고 음악에도 정통해 벵골어 노래만 2천여 곡을 창작했다. 현재 인도와 방글라데시의 애국가가 모두 타고르의 작품이다. 인도의 독립을 위해서도 많은 활동을 했는데, 특히 1905년 영국의 벵골 지방 분할 계획에 맞서 싸웠으며 1919년 암리차르의 잘리안왈라 바그에서 영국인들이 비무장 시위대에 발포해 3백 명 이상의 시민들이 사망하자 기사 작위를 버리기도 했다. 1941년 8월에 80세를 일기로 사망했다.

옮긴이 손석주

동아대학교 영어영문학과를 졸업한 후 ≪코리아타임스≫와 ≪연합뉴스≫에서 기자로 일했다. 제34회 한국현대문학번역상과 제4회 한국문학번역신인상을 받았으며 2007년 대산문화재단 한국문학번역지원금을 수혜했다. 인도 자와할랄 네루 대학에서 영문학 석사 학위를, 호주 시드니 대학에서 포스트식민지 영문학 연구로 박사 학위를 받았다. 미국 하버드 대학 세계문학연구소(IWL)에서 수학했다. 살만 루시디와 로힌턴 미스트리의 소설 연구로 논문들을 발표했으며 주요 역서로는 로힌턴 미스트리의 장편소설 『적절한 균형』과 『그토록 먼 여행』, 김인숙, 김원일, 신상웅 등 다수의 한국 작가 작품들을 영역했다. 계간지 등에 단편소설, 에세이, 논문 등을 60편 넘게 번역 출판했다.

지구적 세계문학 총서 2
내셔널리즘 *Nationalism*

초판 1쇄 인쇄 2013년 12월 16일 | 초판 1쇄 발행 2013년 12월 24일

지은이 라빈드라나트 타고르 Rabindranath Tagore
옮긴이 손석주
펴낸이 최종숙

책임편집 이타곤 | 편집 권분옥 이소희 박선주
디자인 안혜진 이홍주 | 마케팅 박태훈 안현진 | 관리 이덕성
펴낸곳 글누림출판사 | 등록 2005년 10월 5일 제303-2005-000038호
주소 서울시 서초구 반포4동 577-25 문창빌딩 2층
전화 02-3409-2055(편집부), 2058(영업부) | 팩시밀리 02-3409-2059
홈페이지 http://www.geulnurim.co.kr
이메일 nurim3888@hanmail.net

ISBN 978-89-6327-255-9 94800
　　　 978-89-6327-217-7(세트)

정가 10,000원

*이 책의 판권은 지은이와 글누림출판사에 있습니다. 서면 동의 없는 무단 전재 및 무단 복제를 금합니다.
*잘못된 책은 바꿔 드립니다.

*이 도서의 국립중앙도서관 출판시도서목록(CIP)은 서지정보유통지원시스템 홈페이지(http://seoji.nl.go.kr)와
　국가자료공동목록시스템(http://www.nl.go.kr/kolisnet)에서 이용하실 수 있습니다.(CIP제어번호: CIP2013026218)